公元787年，唐封疆大吏马总集诸子精华，编著成《意林》一书6卷，流传至今
意林：始于公元787年，距今1200余年

一则故事 改变一生

那个神秘的宣愉小姐

Nage Shenmi de Xuan Yu Xiaojie

苏缠绵 著

吉林摄影出版社
·长春·

图书在版编目（CIP）数据

那个神秘的宣愉小姐 / 苏缠绵著. -- 长春：吉林摄影出版社，2017.4
（意林告白的书）
ISBN 978-7-5498-3072-5

Ⅰ. ①那… Ⅱ. ①苏… Ⅲ. ①长篇小说 – 中国 – 当代 Ⅳ. ①I247.5

中国版本图书馆CIP数据核字(2017)第072595号

那个神秘的宣愉小姐　　NAGE SHENMI DE XUAN YU XIAOJIE

项目出品	意林告白的书
著　　者	苏缠绵
出 版 人	孙洪军
主　　编	顾　平　杜普洲
总 策 划	蔡　燕
责任编辑	施　岚　孙　瑜
丛书统筹	黄　磊
策划编辑	黄　磊
特邀编辑	赵　军
设计总监	资　源
封面设计	资　源
美术编辑	金　宇
发行总监	李振红
营销总监	王俊杰
开　　本	880mm×1230mm 1/32
字　　数	220千字
印　　张	8
版　　次	2017年4月第1版
印　　次	2017年4月第1次印刷

出　　版	吉林摄影出版社
发　　行	吉林摄影出版社
地　　址	长春市泰来街1825号
	邮　编：130062
电　　话	总编办：0431-86012616
	发行科：0431-86012602
网　　址	www.jlsycbs.net
经　　销	全国各地新华书店
印　　刷	北京市兆成印刷有限责任公司

书　　号　ISBN 978-7-5498-3072-5　　定　价：32.80 元

版权所有　翻印必究
（如发现印装质量问题，请与承印厂联系退换）

我们心中都有那个名叫宣悦的姐姐

/ 冷亦蓝 /

苏缠绵是我的圈中闺密,刚认识她那会儿,她毕业不久,带着一身豪情和朝气扑在工作上,那时候她写极短的都市文,惜墨如金也字字珠玑,看得人大呼过瘾欲罢不能。不知不觉,和缠绵相识相知已有八载,这八年来,我见证着她每一步的成长,她靠着自己的努力,从默默无闻,一步一步走到今天的光彩照人。

我们这一代大多是独生子女,无法想象拥有兄弟姐妹的手足之情,苏缠绵是家中独女,父母工作繁忙,没有太多时间照顾她,大多时间她都是独自一人,脖子上挂着家里的钥匙,好像孤独星球的小王子一样,安静而美好,一个人默默吃饭,一个人独自学习,一个人望着西边的斜阳慢慢沉下去,复从东边再度升起。

虽然独身一人,但我想,在她心底,也一定有一个暗暗保护她、照顾她的姐姐吧。

我想,那就是宣悦。

很多时候,我们想要有个肩膀依靠,很多时候,我们需要避风的港湾,很多时候,我们面对着高不可攀的山峰,站在山脚下幻想,要是有个人来拉我一把,就好了。

可每当这个时候，我们注定只能抱着自己的肩膀，自己做自己的港湾，孤身一人顶着风雪，攀过一个又一个高峰，我们这一生，所能仰仗借助的力量，唯有自己。

唯有自己，不会让自己失望；唯有自己，才能创造自己世界的奇迹。

那个神秘的宣愉小姐，内心藏着一个连她自己都不甚了解的秘密。

缠绵文中的女主角都是她本人的投影——美丽、善良、真诚、端庄而可爱。缠绵笔下的凌觉也是集所有偶像剧男主角优点于一身的完美形象，他俊帅，他强大，他温柔，他会把他的整个世界都交给你，水里火里，不离不弃地爱你。

我们执笔写作之人，不就是为广大读者奉献出美好感人故事的人吗？

虽然我们拥有独立面对任何波折的能力，虽然我们一直以来依赖的只有自己，但，至少在这个浪漫的世界里，我们有保护自己的姐姐，我们有肯为自己遮风挡雨的爱人，这份亲情和爱情，看得让人幸福，幸福得想要流泪。

宣愉无疑是童话中幸福的女主角，她是苏缠绵的宠儿，缠绵待她如亲生女儿，宠她爱她，舍不得虐她，若你爱宠文，那么你绝对不能错过这么一本完美甜宠又悬念百出的书，在故事的最后，你一定会为书中的人物的各种感情感动到落泪。

这篇序的最后我想再说说苏缠绵其人，苏缠绵是四川妹子，生得漂亮甜美，是宛如洋娃娃一般精致而端庄的女子，其实内心也有其泼辣的一面，她是个很活泼的人，我给她取过一个外号是"峨眉山上一小猴"，"缠绵小猴"最爱用的表情是悠嘻猴，在遇到事情的时候，温婉少女瞬间可变身为麻辣小姐，至尊无敌，值得依赖。

我想，在她的那颗少女心里，也一定有一位名叫宣悦的姐姐。

丁酉年正月十五写于沈阳

目录 CONTENTS

那个神秘的宣愉小姐

楔 子 001 //

第一章 因缘际会 003 //

1. 见了李元婧,务必躲着走
2. 季远枫为什么要跟她分手?
3. 她什么时候报名竞聘凌觉女朋友位置了?
4. 凌觉大神专程找她,难道仅仅为了道歉?
5. 他们惊恐地看着宣愉,说她是个怪物

第二章　晴空霹雳　033 //

1. 李元婧坠楼时，楼顶应该不止她一人
2. 她被怀疑了，可她却有不能说的秘密
3. 她从没想过，季远枫有一天还会和别人恋爱
4. 瞳孔微张，手僵在半空，她整个人如坠冰窖
5. "凌觉，我请你千万不要可怜我。"

第三章　针锋相对　063 //

1. 凌觉无疑是画面中最为夺目的焦点
2. 两位男子面对面一站，竟有了点儿剑拔弩张的味道
3. 即使万般小心，她还是跌入陷阱，搞砸了一切
4. 越被逼到死角，越能摒弃杂念放手一搏
5. 联系不上凌觉她真的坐立难安

第四章　突如其来　091 //

1. 她突然有点儿泄气，这一切或许本不该属于她
2. 飞机回返至一半距离时，海面突然出现一个漩涡
3. 怎么回事，她好像……不记得了？
4. 主动告白？她宣愉从来没有做过这种事情啊喂！
5. "季远枫没有对不起你，他一直深爱着你。"

第五章　难解之谜　115 / /

1. "凌觉，"她哽咽道，"除了你，我没有别的办法。"
2. 季远枫轻蔑道："在你认识宣悦前，别谈了解小愉。"
3. "宣愉，凌大也是个普通人。他也会痛的。"
4. "凌觉！"她不顾一切地扑进了眼前之人的怀里
5. "以后，在我有生之日，必不会让你受苦。"

第六章　忽明忽暗　139 / /

1. 天哪，大神还嫌她的灵魂不够为他倾倒吗？
2. 都说男人认真做事的样子最有魅力，看来果然不错
3. 她忘了昨晚的一切，他一旦提及，她便头痛难忍
4. 她很快明白过来，难道……大神这是害羞了？
5. 季远枫一定是唯一知道真相的人

第七章　长夜难明　165 / /

1. 他的目光落在她身上，却像透过她在看别人
2. 凌觉心中尘埃落定，这个季远枫，果然知道一切
3. 为了让宣愉继续存在，季远枫唯有忍痛提出分手
4. 这个方案怎么听都觉得荒唐不堪

第八章 峰回路转 185 / /

1. 只要他要求她相信他，她就愿意相信
2. 愉愉，我一定会救你
3. 季远枫为什么在这儿，凌觉还瞒着她跟他见面
4. 每天给她使用精神控制类药物，他觉得自己罪大恶极
5. "凌觉，我可以相信你吗？"

第九章 尘埃落定 209 / /

尾声 215 / /

番外篇 如果时光可以逆行 221 / /

后记 解开心结的钥匙唯有爱 243 / /

/ 楔子 /

楔子 >>>

此时正是凌晨三点。四下漆黑,周遭静谧,唯有窗外间歇迸发的蝉鸣声成为打破这份宁静的不速之客。

暗夜里手机屏幕发出的光亮映出男孩清俊的轮廓。他神情凝滞,目光黯然,似乎被一个天大的难题逼入了绝境。

屏幕停留在微信界面,看得出男孩已经跟一个名叫"Henry"的神秘男子聊了很长时间。

他把两个人的聊天记录翻看了一遍又一遍,眉头紧锁,思虑再三,在手机上打出几个字:你说,该怎么办?

很快有回复弹出:Easy(容易),杀死"她"。

杀死——

男孩瞳孔猛地放大,不可置信。不,这太荒谬了,他怎么可能?这绝不可能!

另一端的"Henry"似乎看出他的犹疑,再次回复道:唯有杀死

"她"，才能拯救你要守护的人。

他的呼吸骤然急促，头痛得快要裂开。手指在屏幕上急速输入：还有别的办法吗？

发出这个问题后，男孩等了好久，久到屏幕的光归于暗淡，久到深夜的寂静将他吞噬。

屏幕猛地一亮，跃出四个字：

别无他法！

男孩的心猛然下沉，直坠深谷。所有的希冀刹那间被摔得粉碎，一瞬间荡然无存……

第一章
因缘际会

1. 见了李元婧，务必躲着走

糟糕，已经开始了！

宣愉早已收拾好书本抱在怀里，只待教授宣布下课就能如箭一般离弦而出奔向学校礼堂。可眼看下课时间已经超出半小时，教授仍旧兴致勃勃地在台上指点江山。

没想到大学里还有这种喜欢拖堂的老师！换了平时宣愉一定敬佩他无私奉献，可今天真的太特殊了，她一定要赶去礼堂参加那场"校园穿梭巴士"项目的众筹发布会。

因为，那是远枫策划的说明会。想到季远枫，宣愉的心口还是会被默默地一刺。尽管已经过去那么久，这根刺依旧存在，从未有拔除的一天。

"这位同学，你好像待不住了？"

宣愉的手肘被邻桌女生撞了一下，她才意识到教授说的就是自己。

她慌忙站起来，咬牙鞠躬道："那个……实在抱歉，我有一件重要的事。"

或许是威严受到挑战，教授不太高兴："如果你觉得你的时间比我的更宝贵，现在就可以走。"

宣愉愣了愣。她明白这位教授是她最重要的专业课导师，惹他生气绝对没有任何好处，然而——

"谢谢教授体谅！"

她抓起书包，一溜烟从教室后门遁走了，硬着头皮不去想教授的脸色会有多难看。

礼堂与教学楼分置在学校两头，宣愉一路狂奔，中途好几次差点儿撞上人。跑了一会儿，她瞥见一个熟悉的身影，紧接着手臂就被这个身影拉住了。

"愉愉，我正找你呢！"

拉住她的是隔壁班的郭墨，人送外号"八卦女王"，也算宣愉半个闺密。她忽而警惕地观察了一下四周："有人在追你？"

"哎？"宣愉被她突如其来的一问搞得有点儿蒙。

"那你跑什么？"

"你误会了，我这是有急事。不好意思啊！小墨，我真的赶时间，待会儿忙完再找你。"

郭墨闪闪发光的眼睛瞬间黯淡下去，看来又有什么让她憋不住的大八卦迫不及待想跟宣愉分享了。

"那我长话短说。"郭墨神秘兮兮地凑近宣愉的耳朵，"最近有没有觉得有陌生人在偷偷跟踪你？"

宣愉更是一头雾水："没有啊，谁会跟踪我？"

"叮咚"——学校里的报时钟响起，宣愉这才如梦初醒："小墨，我真的有急事，回头再找你。"

"哎，愉愉，我跟你说，最近你一定得小心啊。"

宣愉还是不明白她的意思，可又没时间多做停留，只好连连点头："好好好。那我先走了。"

身后的郭墨知道她根本没放在心上，急得一跺脚："尤其是见到×××，躲着点儿走！"

至于×××是谁，跑得太快的宣愉根本没有听清。

最终她只用了十分钟就跑到了礼堂大厅，顾不上喘气地想去拉礼堂的门。

"哎哎哎哎——这位同学。"

守在门外的工作人员赶紧拦住她："里面正在开发布会，你不能进去。"

"我就是来参加发布会的。"她急忙解释。

"可是发布会已经开始好一会儿了。"工作人员面露难色，"而且，参加者必须提前在校内论坛报名。"

"我知道，我有报过名。"

"那……你叫什么名字？我核对一下。"

"宣愉，金融系的。"

工作人员翻查着手上的档案，从第一页翻到最后一页，又从最后一页退回第一页，接着用奇怪的眼神看了她一眼："没有你的名字。"

"怎么会？"宣愉既意外又焦急，"我明明有在论坛帖子里跟帖报名。"她不相信，接过工作人员递来的报名表自己翻找起来。

没有，没有，还是没有。无论她来回翻几次，表上果然没有任何关于她的信息。

这是怎么回事？

同一时间，礼堂外走进来几个面孔陌生的女孩，宣愉原本并没有在意，却没料到几个人停在了她面前。

为首的女生倨傲地看着她，像公主审视一个犯错的宫女，语气轻蔑："你就是宣愉？"

宣愉莫名其妙，她根本不认识她们中任何一个。

"长得倒还不错。"

另外一人赶紧讨好地接道："我看一般，比元婧姐差远了。"

元婧？这名字似乎在哪里听过。宣愉看着眼前这个女生姣好却高傲的容颜，有个记忆一闪而过——

好像听班上的同学议论过，他们学校的校花，就叫李元婧。据说这校花长得美，家世好，是让男生爱慕、女生羡慕的对象。

还有，刚才小墨让她小心"×××"，现在她想起来了，"×××"就是"李元婧"。

可是她不明白，校花找她能有什么事？

李元婧昂头说道："你不自量力的挑战书，我已经收到了。"

"什么挑战书？"

"居然跟我装？还以为你敢竞争凌觉女朋友的位置，胆子应该挺大，没想到这会儿倒不敢承认了。"

宣愉不知自己应该生气还是发笑，眼见时间一分一秒地过去，她还想进场参加发布会呢，哪里有心情跟李元婧在这儿纠缠。

"我不认识你，也不认识凌觉，更不会对你说的做谁的女朋友感兴趣，请让让！"

她转身想问问工作人员还有没有漏掉的报名表，手臂却突然被李元婧身后的某女生拉住。女生尖着嗓子说："凌大那样的神级人物，全学校只有元婧姐才配得上，你算什么东西！"

"放手。"宣愉猛地甩开胳膊，眼底隐约有一道暗芒闪过，语有怒意，"我已经说过这是个误会，那个叫凌觉的在你们眼里是大神，但我宣愉根本不屑！"

话音刚落，不远处礼堂的大门突然打开。一道人影步出，宣愉下意识看过去，在对上来人的目光时微微一愣。

是季远枫。他明明也看见了宣愉，可很快就别过头去，想绕开她离开大厅。显而易见的躲避。

"远枫！"宣愉叫他，然而他毫不停留地继续往外走，似乎连再看她一眼都嫌多余。

这副拒她于千里之外的冰冷，她已经体验过无数次了。宣愉抱紧手中的包，紧咬下唇，她知道自己再做什么也是徒劳无功，她不应该总是这样追在他的身后。

心神一晃间，季远枫已经走出了大厅。宣愉心中说着"不可以，不可以"，却控制不住自己的身体，就那么鬼使神差地，小跑着追随季远枫的背影而去。

她想再跟他说说话，哪怕一句也好。

留在原地的李元婧等人眼见正主都溜了，不一会儿也就无趣地散了。只是不远处的柱子后面，一个男孩面色不悦地站在那儿，似乎在思考着什么。

礼堂后门打开，参加完发布会的人鱼贯而出。

"凌大！"有人叫他，"怎么接个电话这么久？发布会都结束了。"

"我对这些没兴趣。"

"呃——"

"不过你选修了金融，可以把这个案例放在论文里。"

"是，凌大。"

"另外……"男孩语气中似有犹豫。

"凌大还有什么吩咐吗？"

他很快下定决心："帮我打听一个人，金融系的，叫宣愉。"

2.季远枫为什么要跟她分手？

宣愉小心翼翼地跟在那个背影身后，不知该如何开口。一直跟到离男生宿舍不远处，前边的身影突然停下，转了过来。

季远枫比她高出足足一个头，她呆呆仰望着他，又生怕他们之间的氛围太尴尬，只好笨拙地找话题："嗨……那个……发布会还成功吗？"

季远枫冷冷道："你别再接近我了。"他根本不回应她的问题："希望你明白，我们早已结束。"

宣愉心里闷闷地发酸。她当然知道他们已经分手，可是这一年多以来，她翻来覆去想的都是同一个问题——为什么？

他们当初明明那么好，为什么他突然要跟她分手？

"你的1万块钱，我已经委托助手还给你。"

这1万块钱，是宣愉之前偷偷捐助给季远枫的项目的。自他提出校区内穿梭巴士的运营项目后，校方回应，倘若季远枫能凭众筹从全校学生手中募集到20万元以上，那么学校愿意作为担保人，向金融公司申请剩余80万元投资。

宣愉苦涩地闭上眼："你……一定要这样吗？"她原本只想默默地给他一些帮助，没想到还是被他发现了。

"除此之外，我与你无话可说。"扔下这句话，季远枫再次决绝地转身，离开了她的视线。

宿舍外来来往往车水马龙，明明身处一片嘈杂的环境中，宣愉却觉得自己的世界寂静无声，只听得见心脏有气无力地跳动着。

一对恋人经过她身边，她听见女孩快乐地说："你给我买的点心太好吃了！"

"只要是你喜欢吃的,我都给你买。"

这样温暖的言语,这样刺眼的画面,让宣愉想起来刚上大学不久时,她曾在同学的朋友圈中看见一篇帖子:"在北京,如果我们一起吃过这100样东西就恋爱吧"。没过几天,季远枫神秘秘地把她约到某个餐厅,当她看到一大桌子稀奇古怪的食物时,都惊呆了。

季远枫望着她,眸光炯炯有神:"我跑遍整个北京,把这100样东西都找齐了,你愿意和我一起吃吗?"

他的表白如此独特,深深击中了宣愉的心。

可当初那样美好的岁月,为什么仿佛一夕之间,就全变了呢?

有气无力地回到家,宣愉一头扎在床上,用被子紧紧裹住自己,似乎这样就能稍微躲开季远枫给予的伤害。

本想静静待一会儿,电话铃声却不依不饶地响起来,颇有一副"不接就跟你没完"的架势。

宣愉无奈地拿起手机,刚一接通,还来不及说"喂",电话那头就传来一个激动的嗓音:"愉愉,你现在有空了吗?"

这个声音,宣愉一下就听出是郭墨。只有她,接电话时即使不开扬声器也能当外放用。

"嗯,小墨,你那会儿拉住我到底想说什么?"

"哎哟,你还想跟我保密哪?"郭墨贼兮兮一笑,刻意压低了声音,"学校里都传开了。"

宣愉还是摸不着头脑:"小墨,我真的不知道……"

"咳咳,我问你,本月校内论坛上人气最高的帖子是哪两个?"

"应该……是季远枫发布的关于'穿梭巴士'构想的帖子吧。"宣愉对这个倒很清楚,这段时间她每天都会点开帖子查看同学们的留言,并且跟帖报名参加了今天的发布会。只是不知道在哪里弄错了,才会找不到她的报名信息。联想到刚才季远枫的态度,说不定,根本就是他删除了自己的信息。

这样一想,心里越发黯然。

郭墨接道:"你说得没错,但我刚刚问的是哪'两'个。哎呀不跟你兜圈子了,另外一个人气爆棚的帖子,就是凌觉大神的女朋友竞聘帖!"

凌觉?今天已经是她第二次听见这个名字了,以前仿佛也在哪儿听说过,可眼下一时却想不起来了。

"他到底是谁啊?"

"天哪!你居然忘了凌觉是谁!"郭墨尖叫起来,"那你知道我们学校的凝聚态物理系吗?"

"当然知道,这是我们学校最牛的专业,想考进去高考分数得超过清华线一大截。"

"没错,而凝聚态物理系有一个神乎其神的牛人,还没毕业就已经写出一大堆专利,每年收专利费收到手软。更重要的是,他还帅!Oh,no(噢,不)!"

隔着电话宣愉也能感觉到郭墨的眼睛已经变成了星星眼。

"我想起来了,这个牛人就是凌觉吧?"

经小墨这么一说,她也有了点儿印象,平日里听班上同学议论大神凌觉的次数要远远超过议论校花李元婧的次数。只是她心里只装着季远枫一人,对旁的从来就不太关注。

"Bingo(答对了)!厉害吧!全学校的学弟学妹都尊称他为'凌大'。"

"这……"宣愉纠结,她一直以为这个专业的学生一定是一丝不苟钻研学习的,谁知道他找女朋友还要发个帖子搞竞聘,这得自恋到什么程度才干得出来?还是说他根本把感情当儿戏,只想看女生们前赴后继地扑上去？

自大成这样，就算他本人再牛也难让人有好感。

她心里不屑：“怎么？报名竞选的人很多吗？”

"恰恰相反！"郭墨扼腕叹息，"截至今天也只有两个人跟帖报名。唉，不是大家不想报啊，而是李元婧——就是咱们学校的校花，她早已明着警告所有人回避，咱们校长又是她叔叔，谁也不敢往枪口上撞。"

原来是这样啊。这就是李元婧来找她的目的，是警告她——呃，等等！好像哪里不对，她根本就没有报过名啊……

宣愉预感不妙：“你刚刚说，除了李元婧，还有另外一个人？”

郭墨嘿嘿笑道：“愉愉，这就是我在学校拦住你的原因啊，我实在太佩服你了，居然无视李元婧的威胁，迎难而上，报名竞聘凌大的女朋友岗位！愉愉，你放心吧，李元婧虽然是校花，但凌大显然没把她放在眼里，何况你也很漂亮，我觉得你有机会……”

郭墨还在滔滔不绝地说着崇拜她的话，可她一句也听不下去了，只能石化一般呆呆握着手机。

这这这这这——什么情况？她什么时候报名了？

宣愉急忙从床上翻身而起，打开桌上的笔记本电脑，快速登录校内论坛，找到了凌觉的那个帖子。

主楼中，凌觉列举了要做他女朋友的种种考核流程，而李元婧第一个回帖报名，大有撞了南墙也绝不回头的架势；而之后的跟帖，全都是为李元婧摇旗呐喊的"水军"。

宣愉不停往后翻页，终于，在倒数几页里——看到了自己的跟帖。

"宣愉，金融系，报名参加，希望楼主批准。"

确实是她的账号发出的，难道她被人盗号了？不对啊，虽然跟帖字数不多，但她一看就知道是自己的语气。

而且——宣愉一个激灵，突然想起来，他在季远枫帖子里报名时，发的正是一模一样的几个字。

她赶紧又把季远枫的帖子搜出来，从头到尾翻了一遍，果然找不到自己的跟帖了。

难道说，论坛出了什么毛病，导致她的帖子错乱了？

宣愉急忙重新给郭墨打电话，这个同学中的"包打听"没准知道论坛的情况。

"喂喂，小墨，你知道昨天下午论坛有出什么问题吗？"

"哦，好像听说昨天下午3点左右论坛因紧急维护关闭了一阵，具体发生什么不太清楚。"

宣愉看自己的跟帖时间，正好是下午3点整。

不会吧——自己的帖子真的因论坛维护而错乱了地方？上天也太会跟她开玩笑了！

挂掉电话后，宣愉再次倒回床上，默默叹了一口气。叮咚。手机弹出一条微信，是郭墨发来的：

愉愉，凌大的事我虽然支持你，但你一定要小心李元婧。她是校园一霸，你如果碰见她千万躲着点儿啊。

宣愉纠结地在床上滚了两圈，凌觉什么的她根本毫无兴趣啊，李元婧该不会真的要纠缠她吧？

3.她什么时候报名竞聘凌觉女朋友位置了？

学生大楼门口人头攒动，熙熙攘攘，似乎今日又有什么盛大的活动。

宣愉却无心去品味这份热闹，因为她满脑子想的都是"怎么办，要不要上去呢"。

说不去吧，她又答应过雷学姐，不愿食言；可要说去吧，她又实在心里打鼓。

叮咚。雷学姐再次发来微信：小愉，你到哪儿了？

我在楼下。

怎么不上来？

她握着手机，不知该如何回复。

没过多久，一个扎着高高马尾、看上去极为干练的女孩急匆匆从大楼里跑出来，拨开人潮走到宣愉身边，关切地问："你怎么了？"

雷染君从中学起就是高她一届的同校学姐，没想到她们还会在同一所大学里再次相遇，其中的情谊自然不同。而且这次季远枫的众筹项目里，雷染君正好负责校园宣传和管理筹款的工作，之前宣愉就是偷偷把钱交给雷学姐的。

宣愉定了定神："学姐，远枫把钱还给我了。"

雷染君也是一愣："他怎么会知道？"

"虽然众筹得来的款项是由学姐你来保管的，但远枫毕竟是总负责人，瞒不住他也很正常。"

"嘿！他在我面前可一点儿没表露出他已经知道的事，这个心机男！"雷染君天生好打抱不平，她忍不住道，"我就不明白了，他何必整天摆出一副要跟你撇清关系的样子，记得以前上中学的时候，他对你……"

"学姐，过去的事就别提了。"宣愉的心又钝钝地难受起来。是啊，季远枫跟她从高中起就是同学，他那时一直对她极好，所有认识他俩的同学私下里说，他们将来一定会在一起。

考上同一所大学后，季远枫向她表白，他们果真幸福地在一起了，却没想到短短一年之后，他竟然冷漠决然地转身。

雷染君深深叹了一口气："小愉，这一年多以来我始终不明白，你们之间究竟发生了什么？你能告诉我实话吗？"

宣愉苦涩地牵了牵嘴角，她真的愿意告诉雷学姐他们分手的理由，如果她知道的话。

"让让！请让让！"

一群男生抬着一大堆桌椅桌布等道具，浩浩荡荡地由远而来。宣愉和雷染君赶忙退到一旁，让出一条通往大楼的通道。

宣愉不禁问道："学姐，今天是什么重要日子吗？"

"是啊，今天是凝聚态物理系举办专利研讨会的日子，据说系里所有牛人和教授都会过来。"

凝聚态物理？宣愉瞬间想到了那个叫凌觉的人。那样自恋的人，不知置身于研讨会这种庄重的场合中，会是一副什么样子呢？略微脑补了一下……想象中，一个人影歪坐抠鼻，用睥睨众生的语气说道："你们这群凡人！"

……

总觉得是种十分让人讨厌的氛围呢……

雷染君一跺脚："哎呀，都这个时间了，季远枫交代今天下午5点之前必须把宣传手册发送完毕，小愉，你就帮帮我吧，我一个人肯定干不完啊。"

"可是，我怕远枫知道我今天来过，会不高兴。"

"放心吧，他说今天有别的事，一整天都不会过来。"

"这样啊……那好吧。"宣愉松了一口气，其实她也打心眼里想为他多做点儿什么，在他并不知道的情况下。

自从众筹发布会以后，这几天已经陆续募集到学生的款项共15万，剩余的5万元缺口，就要靠这500本宣传手册来进一步筹措了。

时下正是金秋十月，校园里的银杏叶已经变黄，风一吹就会扑簌簌落满地面。风景十足优美，但对于在学生大楼门口顶着烈阳和秋风工作的宣愉来说，根本无心欣赏。

"同学，穿梭巴士的众筹项目您有所了解吗？请看一看这本手册，谢谢！"成功发出去数本。

"同学……啊，您已经投了100元？太感谢了！"宣愉开心地鞠了个躬，就好像这个项目跟她有天大的关系一样。

那边又过来一个男生，她赶忙迎上去。

"同学，穿梭巴士的众筹项目……咦？人呢？"宣愉话未说完，男生已经看也不看一眼地越过她继续往前走。

"这位同学！等一下！"她可不会轻易放弃，把一本手册递到男生眼前，"不了解也没关系，您收下这本手册回宿舍看看吧。"

男生停下脚步，总算把目光稍微放在了她身上："我不住宿舍。"

嗯？宣愉一怔，住不住宿舍好像不是她的重点吧！

呆呆举着手册不知该如何接话时，男生又仔仔细细地打量她一番，突然状似了然地哼了一声："原来是你。"

"啊？"宣愉不明所以，傻呆呆问道，"你认识我吗？"

她轻轻蹙眉，认真思考究竟是不是在哪儿见过他。眼前的男孩个子与季远枫一般高，短发干练精神，穿着一件白色暗纹衬衫，全身上下透着一股清冽之意。而那张脸——宣愉在心里默默评定：赐他一个大写的帅！

这样的人物，如果见过，照理说应该不会忘记。可偏偏她记人脸的功力差劲极了，因此也不敢肯定。

男孩面无表情地否认："不认识。"

轮到宣愉凌乱了，她还想说些什么，可男孩已经不大耐烦："我赶时间，让让。"

"呃，那你收下这本手册吧？"她还不肯放弃。

"没兴趣。"丢下这句话，男孩头也不回地走进了大楼里。

哼——宣愉看着男孩的背影,这还是她今天第一次碰上这么个钉子呢!

不过没关系,她可没那么容易被打败。宣愉抱起手册很快又投入工作状态中,事实上这个众筹项目近期备受关注,每个同学都愿意收下手册多一些了解。

除了刚才那个跩得不行的怪人。

一转眼两个小时过去,雷染君下楼来验收成果——

"不错啊,只剩下100本了。"

宣愉轻呼一口气:"可是这会儿来往的人少了很多,我担心傍晚之前发不完。"

雷染君眼珠滴溜一转,拖着宣愉往大楼里走:"你跟我来,我有个好主意,保证咱们一次性发完。"

一直上了电梯,看雷学姐按了顶层的数字,宣愉不由得问道:"我们这是去哪儿?"

"去那个200人开会的大会议室。"

咦?

电梯门打开,会议室正好在电梯边上,首先映入宣愉眼帘的就是门口摆放的落地指示牌:凝聚态物理系第21届专利研讨会。

"我们这样打扰别人,不太好吧?"宣愉心里没底。

"放心吧,我先观察观察。"雷染君把耳朵贴在门上,不一会儿就听见了隐约的"今天的会议圆满结束"以及紧接而来的掌声。

"我打前站,你跟上来。"

话音一落,宣愉根本来不及阻止,就见雷染君以迅雷不及掩耳之势撞开了会议室的大门。

掌声戛然而止,所有人齐刷刷朝门口看过来。场面尴尬,宣愉忍住想逃的冲动，等待雷学姐接下来的表现。

"咳咳。"雷染君清清嗓子，"是这样啊，各位老师同学，我学妹，就是我旁边这位软妹子，有事想拜托大家！"跟着还把她往前一拉。

晕！居然就这样把场子交给她了？

宣愉的脸"噌"地红起来，她完全没有心理准备好不好……

"你们有什么事吗？"主持会议的老师听上去对这两位不速之客不太欢迎（当然了，会欢迎才怪）。

宣愉抱着手册，手臂不由得越收越紧。事到如今，也只能硬着头皮上了。

她往前迈出一步，抬起头，视线环绕会场一周后微微鞠躬行了一礼："抱歉，打扰大家了。我是本校金融系的宣愉，今天来是想向大家介绍一下校区穿梭巴士的项目。"

会场无人反应，众人只是被她雷到了，她也只好权当大家默认，继续顶雷而上。

"第一，从必要性角度来说，这是一个有利于全校师生的好项目。咱们学校占地广阔，教学楼之间、教学楼与宿舍之间都有不近的距离，任意两点间步行至少在15分钟。保守计算，每个人每天耗费在路上的时间大约为1小时，而本项目一旦启动，该时间将大幅缩短为10分钟。从近期对全校师生的访谈数据以及前几天众筹发布会的盛况来看，穿梭巴士的实施早已是众望所归。

"第二，从投资角度来说，项目的收益性是毋庸置疑的。举个例子，穿梭巴士一个学期的车票费是100元每人。而如果您在该项目中投资了100元，您将获得股东权益，终身免费乘车。更别提后期的利润分红了。"

宣愉毕竟是金融系的尖子生，对于一个项目的介绍不在话下。

有人显然已经被她成功带进去了:"你说得头头是道,可据我所知,项目的启动资金是100万元,其中对外融资80万,我们投资100块才多少股份?多少分红?"

有疑问就是好事。宣愉看见了希望,精神为之一振,更加津津乐道地解释起来。她没有注意到,会场某一处,一道灼灼的目光正一动不动地注视着她。

"如果大家还有疑问,可以看看这本手册,里面讲得很明白。"

"行,给我一本。"

"也给我一本吧!"

凝聚态物理系的牛人们对宣愉的陈述很感兴趣,100本手册很快就被索取一空,并且有人当场表示愿意算上一份。

退出会场后,宣愉激动地拉起雷学姐的手,两个人就差没有手舞足蹈一番以示庆祝了。

雷染君竖起了大拇指:"小愉,你真厉害!"

宣愉也是这时才后知后觉地紧张起来,按着胸口深深呼吸:"幸好,以前在美国上初中时总被老师强迫做现场即兴演讲。"

雷染君还有善后工作要做,两个人道别后宣愉独自出了大楼。

天边已经出现一抹晚霞,映衬着校园的秋色。宣愉不禁心情大好,连带步子也轻快了不少。

"宣愉。"

背后一个声音叫住了她。

咦?回过头去,她看见一个男生在夕阳的逆光里走至她跟前。是他?先前唯一给她钉子碰的怪人。

"没想到,你还挺能说。"男孩语气一如既往地寡淡,听不出是何情绪。

这是啥意思？宣愉搜肠刮肚地思索了一番——

"难道你也在那个会场？"

这时，大楼门口响起一声呼唤："凌大，晚宴马上就要开始了，快点儿！"

男孩朝那边点了点头，正要离开，又忽然停下了脚步："你带手机了吗？"

"啊？哦，带了。"

"给我。"

为什么要给你啊？宣愉心里明明这么想，却在他的注视下无法抗拒地掏出了手机。

男孩接过，按了一阵才还给她："电话号码已经录入。"然后就跟着别的男生一起大步离开了。

宣愉呆呆站了一会儿，脑子奋力急转，终于在一团乱麻里找出了头绪：那人叫他"凌大"，刚才他又在会场，这么说——她抬头看着大楼门口悬挂的横幅：凝聚态物理系专利研讨会。

难道——

刚才这个男孩，就是传说中臭美得不可一世的凌觉？

难道——

他知道自己叫宣愉，是因为他也误会自己报名竞聘想做他的女朋友？

天哪！好不容易美滋滋地发完宣传手册，却碰到这种天大的误会，上天还让不让她活了！

宣愉捂脸遁走。

另外一边，雷染君回到大楼里的项目办公室，把手头上需要汇报的资料整理了一番，打算放在季远枫桌上。

不知怎的,她脑海里总会浮现出当宣愉告诉她季远枫把钱还给了她时,那副快哭出来的表情。

究竟是为什么?季远枫对宣愉的感情曾有目共睹,究竟是什么原因,才让他变成现在这样?

雷染君心里涌起了不可思议的想要探究季远枫心理的念头。她借着去放资料的机会,把季远枫那间小小的办公室翻了个遍。

很幸运地,她在桌上那本他常看的书里发现了一枚精致的书签,上面有几行手写的、字迹娟秀的英文诗,一看就知是出自女孩子的手笔。

"你在干什么?"门口传来一个惊讶的声音,而声音的主人正是这间办公室的所有者。

雷染君吓了一跳,连忙把握着书签的手藏在身后。

"你拿了什么?"

季远枫一眼便发现,雷染君索性也不再隐藏来意:"今天小愉来过。"

她一边说一边暗自观察,想从他的反应里捕捉一些蛛丝马迹。然而眼前的男孩掩饰得太过完美,冷静得毫无破绽。

"那又如何?"

雷染君噌地冒上一股火气,他越是一副事不关己的模样,她越要戳穿他的伪装:"我不相信,你真的一点儿也不喜欢小愉了?"

"你信不信与我无关。"

"季远枫!难道你忘了,宣愉食物中毒那次,是谁不眠不休地照顾她,还露出那种'你死了我也不愿独活'的表情?"

季远枫的眼里突然生出一层奇特的雾气,似乎不再无动于衷。但很快,他闭上眼,依旧冷漠道:"那已经是过去的事。"

"过去?那你留着这个干吗?"

雷染君把书签举到眼前,这枚书签,她知道是小愉在那次病愈后送给他的。季远枫却看也不看,她甚至不知道他是不屑看,还是不敢看。

"你喜欢的话,就拿走好了。"

"你……"雷染君气得瞠目结舌。

"这个东西,我本就不该留。"

"好好好,这可是你说的!"一怒之下,她把书签撕得粉碎,撒向空中。

雷染君太过生气,以至于没有发现,当碎片在空中飞舞的时候,季远枫的防线似乎被击溃,露出了极为痛苦的眼神。

当然,那样的失态,仅有刹那。一转眼,他已恢复如常。

4.凌觉大神专程找她,难道仅仅为了道歉?

第二天上课期间,凌觉脑海中一直浮现出那个女孩被她的学姐一把推到台前时懵里懵懂的神情,莫名觉得很好笑。

"凌大,什么事让你心情这么好?"

问话的男生叫许晨一,是凌觉的铁杆粉丝,也是他最得力的实验室助手。他所认识的凌大素来不是一个外露的人,不知今天吹的是什么风!

"没什么。"凌觉赶紧沉下脸色。

"对了,前几天你让我打听的人,金融系的宣愉,居然就是昨天闯进咱们会场的女孩子。"

"嗯,然后呢?"

"然后?哦,关于那个报名帖,"许晨一压低声音,"我已经了解清楚,那是论坛系统抽风导致帖子错乱,那应该是她报名隔壁众筹发布会的帖子。"

原来是搞错了？凌觉眉毛一挑，也不知什么原因，心里居然有一丝不爽。

"还有，李元婧察觉到你在调查宣愉，认为你对她不一般，这几天寄了好几个快递给她，都被我们拦下来了。可是今天不凑巧，有一个快递漏掉，这会儿应该已经到了宣愉手里。"

"是什么东西？"

"唉，不外乎就是一些拿红颜料处理过的布偶什么的，用来吓唬女孩子的把戏。不过听说也把宣愉吓得够呛啊。"

凌觉皱眉，这个李元婧，似乎越来越过分了。

"晨一，这个主意是你出的，说我发个公开竞聘，提一些苛刻条件，就能让李元婧知难而退。"

"这个……"许晨一汗颜，"我错了……我也没想到……"

"那你赶紧想想，怎么解决这个大麻烦。"凌觉耐心快要耗尽。

李元婧从入学起就不断纠缠他，如今都大四了还乐此不疲，前段时间更放言即使毕业了也要跟着他，着实让他头痛不已。他对女人这种麻烦的生物根本不感兴趣，相比之下还是物理实验要有意思得多。

凌觉的目光瞥到桌上的手机，昨天把号码留给那个女孩，本意是想利用她演一场戏来逼退李元婧，没想到她的报名帖根本就是个误会，那他毫无理由把一个无辜的人牵扯进来，也完全没必要跟一个路人产生任何关联。

如果她没脸没皮地反复给他打电话该怎么办？他可不会应付女孩子，要知道，给出电话号码这种事，他还是第一次。嗯——他有点儿后悔把号码给她了。

然而事实证明，直到深夜1点，凌觉大神才发现，自己根本是想多了。宣愉从头到尾没来过一丁点儿信息。

第二天上课路上，宣愉居然又碰到了凌觉。这里是去金融学院的必经之路，可问题是，离物理学院相差十万八千里。

宣愉低着头想假装没看见，可同行的郭墨哪能放过，拽着她的胳膊激动地喊："愉愉你看！那不是凌大吗？他怎么会在这儿？"

宣愉恨不得挖个地洞钻进去，可凌觉已经走到她面前："我有事找你。"

一旁的郭墨瞠目结舌，宣愉心虚道："呵呵，同学，我只想说，一切都是误会。"

说完就想推着郭墨往前走，可是这妮子的眼光死死盯在凌觉身上，根本一动不动。

"我知道，我今天来是有别的事。"

郭墨自然而然地帮腔："愉愉，凌大纡尊降贵来找你，你怎么可以这样不礼貌？"

晕！他来找她居然被闺密定义成"纡尊降贵"，那她算什么？

"你有什么事？"

凌觉稍微停顿，才道："在这里不太方便，我们换个地方吧？"

"可是……"

郭墨再次适时发声："哎呀，这节课就是自习课，我会跟教授说明的，你就放心去吧。"说完把宣愉往凌觉的方向一推，比了个"拜拜"的手势，一溜烟跑了。

这个小墨……真是拿她没办法。宣愉无奈地叹了口气。

凌觉带她来到校内的一间咖啡厅，直接开门见山："我听说这段时间李元婧对你诸多为难，我很抱歉。"

宣愉不免一愣，原来高高在上的大神也会像普通人一样道歉？

这么一来她反而不好意思了："呵呵，没什么的，又不是你的错。不过，关于我的回帖，那只是个误会，其实我……"

"我知道。"

"我只是……呃，你都知道啦？"

"是，论坛错乱而已。"

"那就好那就好。"宣愉拍拍自己的胸脯，感觉一大块石头终于落了地。再看凌觉的脸色，似乎也变得不像她之前以为的自大狂傲了，于是试探性地开口。

"其实，我可以理解她的心情。归根结底，元婧学姐苦苦纠缠，或许只是想要一个理由。"

凌觉眉心一动："什么意思？"

这是愿意听她继续说下去的咯？宣愉喝了一口水，端坐身体："女孩子嘛，内心总是高傲的，即使明知你不喜欢她，也想要一个理由——'我到底哪点不好，你为什么不喜欢我？'"

对面的男孩露出迷惑的神色："知道这个有什么用？能改变结果吗？"

"你看，你这是典型的理性思维。可对于感性的女孩子来说，没有一个合理的理由，就没法让自己死心。"

凌觉盯着她看了半晌，就在她以为自己几乎被他看穿的时候，他终于说话了："你，也是如此？"

端着水杯的宣愉一愣，心里刹那间闪过季远枫的脸。说别人容易，她却从来没有反思过，自己在分手后的一年多里仍割舍不下的感情，会不会也是因为缺少一个理由？

她浅饮一口，苦涩道："是啊，说不定，我也一样。"

他没有继续追问，反而出乎她意料地说："好，我会找机会当面跟她谈一谈。"

"啊？"宣愉呆住了。她无论如何也没想到，堂堂大神居然会听自己这个路人的劝告？该不会哪里的接入方式不对吧？

"这几天为免她再找你麻烦，我会派人保护你。"

"不用不用。"她连忙拒绝，"没什么大事，我应付得来的。要是整天有人跟着才让人害怕呢！"

凌觉沉吟片刻，也不强求。

这场谈话似乎在愉快的氛围中结束了。宣愉给自己点了一个大大的赞，要知道跟大神单独谈话可比昨天瞎闯会场更要来得紧张呢。

不过直到宣愉离开咖啡厅，才忽然意识到，从头到尾凌觉也没说找她究竟什么事，难道仅仅为了道歉？

同样的问题凌觉也在回去的路上扪心自问：为什么自己今天会来找她？为了讨论李元婧？这显然不可能。难道是因为她没有给自己打电话？

"咳。"凌觉轻咳一声，连忙否决了这个荒唐的念头。

5.他们惊恐地看着宣愉，说她是个怪物

之后度过了风平浪静的几天，宣愉也没有再收到过李元婧寄来的奇奇怪怪的快递，大概大神已经完美解决此事。

又是一天下课后，宣愉骑着自行车回到校外租住的房子。在楼下锁车时，突然听见身后传来一阵急促的脚步声，还来不及回头就觉得视线一暗。

头上被什么东西罩住了！什么情况？

宣愉心里一慌，下意识想去扯头上的布套，可是下一秒整个人已经被人从身后分别架住，看样子来偷袭的不止一个人。

"你们干什么？放开我！"

"呵呵，总算抓住你了。给我带走。"紧接着身体就被人拖着往后退。

这个声音，听起来似曾相识。

宣愉心里涌起一阵强烈的恐慌。

是李元婧？

她拼命地挣扎起来，可是架住她的人力气实在太大，她每一用力就会有人毫不手软地掐她的手臂和腰，她根本无从反抗。

被拖行了一段距离后，她感觉到更多的人围住了她。有人叫嚣着"跪下"，往她小腿上狠狠踹了一脚；她一吃痛，单膝磕在地上，膝盖处传来一阵剧痛。紧接着便响起了一群女生得意而轻蔑的笑声。

宣愉明白对方不会轻易放过自己，脑袋里嗡嗡作响，先前的恐慌突然消失，一股愤怒的意识喷涌而出，占领了她的四肢百骸。也不知是哪里来的力量，她反手抓住了右侧架住她的人的手腕，用力一扭。

"哎哟。"随着一声痛呼，右侧抓住她的力道松开，右手随之解放，她一把扯下了头上的布罩。

这才发现自己被七八个身材健硕的女生围住，而在一旁站着进行指挥的，正是李元婧。

宣愉直勾勾地瞪着李元婧，冷冷一哼。

"愣着干什么？给我打啊！"这个高傲的大小姐，轻飘飘地抛出了命令。

女生们越围越近，她们都认为很快就能听见这个纤弱的女孩子求饶的声音——

今天是周四，凌觉下课后循例到实验室进行一个新型高分子材料的研究项目。这种材料在中国应用广泛，可目前所有专利都掌握在美国人手中。拿大笔专利费供养美国人这种事，他凌觉第一个不服。

明知难度极高，但他就喜欢这样高难度的挑战。

他在做实验时通常不允许任何人打扰，中途出来透气时，才看见了在门外焦急踱步的许晨一。

"凌大！不好了！"许晨一顾不上凌觉身上还穿着无尘服，扑上去拉住他的袖子，"李元婧那天看见你跟宣愉在咖啡厅谈话，现在带着人要亲自去教训她！"

凌觉心中一紧。

"快带我去！"

"实验室没问题吗？"

"顾不了那么多了。"

凌觉一边往外跑一边脱下罩在外衣上面的无尘服，随手扔在了路上。此时，他心心念念的都是宣愉的安危。李元婧的霸道他是知道的，一想到她带人围着宣愉拳打脚踢的样子——凌觉额上青筋暴起，她如果敢动宣愉一个手指头，他绝不会放过她！

所幸实验楼距离校门不算太远，凌觉和许晨一在校门口拦了辆出租车，下车后又不顾一切地跑进了宣愉所在的小区。

"在哪儿呢？"越是离得近了，心里的不安越是强烈。

"7号楼……"许晨一核对着手中字条上的地址，"在那儿！"

凌觉正要往许晨一所指的方向走，却突然看见几个体格强壮的女生一起，惊慌失措地朝小区门口跑了过来。

凌觉眼疾手快地拉住了一个："你们干什么，宣愉呢？"

"她……她……她太可怕了！"女生仿佛受到什么惊吓，连声音都在颤抖。

"你们对宣愉做了什么？"

"我……我再也不敢了！求你放过我！"女生虽这么说，可她的视线明明是回头看的，好像害怕有什么东西会追在她身后。

"做了什么？"凌觉怒喝，用力扭过女生的身子，他非弄清楚不可。

"我什么都没做！"女生吓得快哭了，"那个人身手那么厉害，我们根本靠近不了她！我才稍微一动，她就一脚踢在了我的腰上。"

这时李元婧从他身边跑过，甚至也反常地不敢看他一眼。

凌觉再不敢迟疑，沿着那条走道跑到了7号楼下，一眼就看见了站在单元门口的宣愉。

她一动不动，静得像一尊雕像。

"宣愉。"凌觉轻声叫她，生怕她受了什么伤；而她似乎没有听见，于是他又走到她跟前，看着她的脸。

只见宣愉的瞳孔微微放大，眼神涣散，神思犹如漫游到了天际，根本不在眼前这具躯体里。是吓坏了吗？她们究竟对她做了什么？

"你……还好吗？"强烈的担忧之下，凌觉不由自主地伸手握住了她的肩。

这时，宣愉总算有了反应，眼神快速地汇集到了一点，落在凌觉身上，片刻后露出不解的神情："你怎么会在这里？"

"我听说李元婧带人找你麻烦。"

宣愉不好意思地摸摸脑袋："让你费心了，我没事。"

"真的没事吗？"凌觉不太相信，可现下是秋天，她穿着一身长衣长裤，他什么也看不出来。

"我好好地站在这儿呢。"她俏皮地冲他眨了眨眼。

"那她们怎么回事？"他扬手指了指李元婧逃走的方向。

宣愉呵呵笑了："凑巧了，我姐姐这几天在我家，刚才她们找我时，姐姐正好下楼。她啊，可是跆拳道黑带选手。"

"你跟你姐姐住在一起？那她人呢？"

"也不算住在一起。姐姐生活在美国，偶尔回来。刚才她已经走了。"

凌觉仔细回想："过来时似乎没看见她。"

"她从小区后门打车去机场了,今天回美国。"

原来是这样。

凌觉彻底松了一口气,又有些懊恼:"今天的事,实在抱歉。最近有实验耽搁了,我回去后马上找李元婧谈谈。"

"这又不是你的错,何况我一点儿事没有,你不用自责。"

宣愉竟然反过来安慰他。不知为何,看见她脸上淡淡的笑意,凌觉就觉得心里舒服多了。

凌觉走后,宣愉上楼,打开房门进了屋。屋里面积不大,家具陈设也很简单,唯有客厅墙上悬挂的那幅姐妹合照最为亮眼。

照片里的两个女孩,左边的是宣愉,右边则是她的亲姐姐宣悦。姐妹俩长得极像,只是气质迥异:妹妹清纯可人,显得天真活泼;而姐姐妆容精致,别有一番成熟风韵。

今天又被姐姐保护了呢。宣愉放松身心躺在沙发上,睡意袭来,不知不觉坠入了梦乡。

宣愉从记事起便知道自己和姐姐是孤儿,姐妹俩生活在同一家孤儿院,姐姐常说最大的愿望就是妹妹能被善良殷实的家庭收养,离开这个清苦的地方。

姐妹俩长得可爱,有一天,真的遇上了一对美国老夫妻,愿意收养她们其中一个。老夫妻原本更加属意年龄稍长的姐姐,但宣悦故意在交流时顽劣地弄坏了老夫妻带来的礼物。她对他们冷冷地说:"我就这样,喜欢听话的还是找我妹妹吧。"

老夫妻转而考察宣愉,发现她确实比宣悦乖巧许多。直到签完领养协议,5岁的宣愉根本不知道发生了什么,就被送上了老夫妻的车。车发动时,宣愉哭着找姐姐;当她从车尾玻璃看见姐姐站在孤儿院门口默默注视着她时,宣愉像疯了一般,从没有关好的车窗处翻了出去,骨碌碌滚了好远。吓得宣悦魂飞魄散。

好在当时车速不快，小女孩又身体柔软，总算没摔出什么大问题。但从那以后宣愉每天抱着宣悦不撒手，说什么也不愿分开。一番无奈与商榷之下，老夫妻决意同时收养两姐妹。

于是，她们跟着养父母，漂洋过海到了美国生活。

老夫妻对姐妹俩还算不错，但自从养父因病去世后，养母的性格越发乖戾，还染上了酗酒的恶习。喝醉后便总是找姐妹俩出气，每当这时宣悦都会护着妹妹，告诉她别怕。虽然宣悦只比宣愉大三岁，但她早熟而懂事。在宣愉的记忆中，只要有姐姐在，不管遇到什么事都不用害怕。

宣愉记得，在她初中毕业时，宣悦也考上了美国一所名校。这时养母恰好因醉酒而意外身亡，姐妹俩继承了一笔不大不小的遗产，其中80%要用来支付姐姐的大学学费，余下的却不够支付宣愉高中的学费和生活费了。

带着对姐姐的感恩和回报之心，宣愉决定携为数不多的遗产回到中国读书和生活。

姐妹俩从此分属地球两端，可宣愉觉得，遥远的距离并不能磨灭姐妹情谊，她时常感觉姐姐其实一直就在她身边，从未离开。

偷袭事件过后，李元婧好几天没有在学校露面。

许晨一带人悄悄守在宿舍楼下，终于在三天后成功堵住了她，把她扭送到凌觉在校内的实验室工作外间。

李元婧高傲的姿态在见到凌觉的一瞬间崩塌。她面如死灰地坐在他对面，下意识抱住双臂护住自己，像一头还未从惊恐中恢复的小兽。

凌觉却不吃她这套，这是他最后一次有耐心跟这个女人谈话，希望今天能为她的胡闹画上句号。

他正色，凛然道："不要再骚扰宣愉，否则……"

"否则怎么样？"李元婧猛地抬头，"她有什么好？我有哪一点比不上她？"

凌觉脑海中突然回想起宣愉说过的那句"她只是想要一个理由"。

他沉吟片刻："李元婧，我对你没有任何感觉，这与其他人无关。"

"呵呵。"李元婧苦笑两声，"第一次听你这样直白地告诉我。我早知道你不喜欢我，可是这三年多以来我都不曾放弃，你知道为什么吗？"

她盯着他，自问自答："因为你虽然不喜欢我，你也不喜欢别人。"

凌觉无言。

李元婧脸上闪过一抹狠光："你不就是看上那个宣愉了吗？我告诉你，你别天真了，她就是个扮猪吃老虎的贱人，一边装可怜地接近你，一边又勾引别的男人。"

"李元婧！"

"刺耳吧？呵呵，我还没说够呢！季远枫，听说过吗？就是宣愉无比上心的那个众筹项目的发起人，你去打听打听，全校多少同学都知道宣愉整天追在人家屁股后面，还为他的项目投资了1万块钱。啧啧，真够大方的。她一个大学生，不住宿舍住校外，还有这么多钱，谁知道她是干什么的。"

"住口！"

凌觉只觉得胸中一股无名火起，一掌拍在桌上发出"砰"的闷响，震得桌边的文件哗啦掉在地上。

他也不知道自己是怎么了，一方面忍受不了李元婧诋毁宣愉，另一方面又对她提到的"季远枫"这个名字感到不舒服。

"你真让我恶心。"

丢下这句寒意森然的话,凌觉背过身去不愿再多看她一眼,示意许晨一赶她离开。

李元婧像是不甘心地拼命挣扎:"我不走!我还没说完!宣愉她根本不是你想的那样!"

可惜,那个背影根本不会因她的话而回过头来。扭送她过来的人再次架起她,毫不留情地一直把她推搡到大楼外面才松开。

"你一定会后悔的!"

过了好一会儿,李元婧故作轻松的脸终于垮了下来。她蹲在地上,号啕大哭。

第二章

晴空霹雳

1.李元婧坠楼时，楼顶应该不止她一人

周六迎来了大学每半年一次的英语四六级考试，郭墨和宣愉考完后有说有笑，看起来很轻松的样子。

两个女孩本是悠然地往外走，却在教室门口被几名男子拦住了。他们就是之前一闪而过的人影吧，原来他们一直等在教室外。

"你好，请问你是宣愉同学吗？"拦住她们的男子问道。

"你们是谁？"

这时，先前同他们交谈过的监考老师也走了过来："他们是警察。"

宣愉和郭墨面面相觑，都愣住了。

几名男子又出示了他们的证件。宣愉仔细看了一遍，依然蒙圈："警察……找我什么事？"

领队的男子问道:"你认识李元婧吗?"

"……算是认识。"

"她昨晚从实验楼坠下,现在还没脱离危险期。"

什么?宣愉心里突地一跳,最后一次见李元婧是三天前她带人袭击自己时,几天不见她居然会坠楼?今天是愚人节吗?还是说……又是李元婧的什么招数?

她还呆呆地搞不清楚状况,却见带队的警察朝她逼近了一步,直视着她的眼睛,似乎想从她的反应中探究些什么。

"据现场初步勘察,李元婧坠楼时,楼顶应该不止她一个人。余下的还要等进一步检验结果。"

"不止一个人,那另一个是谁?"

警察不语。

"你们该不会怀疑,跟她在一起的人是我吧?"宣愉总算摸清了警察的来意。

"有人供述,伤者跟你之间有不可调和的矛盾,她三天前还带人袭击过你,对吗?"

站在一边的郭墨听不下去了:"喂喂喂,你们搞错了吧?李元婧在学校横行霸道,跟她有矛盾的人多了去了,凭什么针对愉愉?"

男子闻言,站立的角度转向郭墨,向她发起了提问:"你是宣愉的朋友吗?"

"对啊!"

"事发时间,也就是三天前的晚上11点前后,你知道宣愉在哪儿吗?"

"当晚我们一起上了一堂选修课,下课时已经9点半了,愉愉回了她家,我就回了学校宿舍。"她想了想,又补充道,"我亲眼见她骑车走的。"

"宣愉家的位置我们了解过了，她可以先回家后再回到学校跟伤者见面，时间上完全来得及。"

"你们……"

郭墨还想争辩什么，宣愉急忙拉住她。

"好了，小墨。我跟他们去一趟就是了。"

"可是你明明就没有。"

"谢谢你这么信任我。"宣愉笑道，"你放心，我只是去录一份口供说清事实，很快就回来。"

于是，在周围同学异样的眼光以及小墨担心的神情中，宣愉跟着几名警察一起上了警车。虽然刚刚故作轻松地安慰了小墨，但她直觉认为这事恐怕没那么简单，否则来传唤自己这样的小女生又何须三个警察同时出马呢？

而且三天前的那个晚上，她在跟小墨分手后确实没有回家，而是在外逗留了两个小时，因此小区里的门卫也无法为自己做证。而唯一能证明自己清白的人，却跟她立下了约定，绝不会将那晚的秘密告诉任何人。

宣愉安静地坐在警车里，看着窗外风景变换，思绪不由得飘回三天前的那个晚上。

那晚下课后，想到家里的一些日常用品快用完了，她便骑车直奔小区附近的超市。从自行车停放点步行去超市正门的路上，她看见一队超市工人推着运货的手推车，在一个女经理的指挥下正往库房搬运东西。

一辆长长的轿车突然拐弯过来，一个工人吓了一跳，手上力道一歪，小推车竟然脱手滑出，恰好蹭在轿车右侧车门上，"嘎吱"一声响。

车猛然停下。司机怒气冲冲地从车上下来，三步并作两步地绕过车头，眼看就要开骂。

工人吓呆了，惊慌地看着经理；女经理倒还沉着，她把工人护在身后，急忙迎上去赔礼道歉："那个，实在对不起。"

司机看了看车门状况，气得吹胡子瞪眼："你们长没长眼睛？"

"真的很抱歉，是我们工作人员疏忽了，您看能不能这样，您报个车险，定损后我们照价赔偿。"

"赔？你赔得起吗？你知道这车多少钱吗？你认识这车吗？"

经理身后的工人怯怯地探出了脑袋："这不是帕萨特吗……"

"哈哈！"司机露出嘲笑的表情，从头到脚打量了一番，更加轻蔑地说，"瞎了你的狗眼。"

工人窘迫不已，女经理不动声色地用手势示意他别再说话："这位先生，不管您的车是什么车，我们超市都会负责赔偿。这是我的名片。"

"我不要你的名片，你必须现在就赔我钱！"司机挥手一推，手上力气没个轻重，一把把女经理推了个趔趄，险些摔倒。

这似乎有点儿过分。宣愉心里正琢磨着上去劝一劝，却忽见一道人影跑了过来，站到了女经理和司机之间，凛然而立。

这个人——他怎么会在这儿？宣愉太过惊讶，她使劲眨眨眼，又用力揉了揉，再定睛一看——

这个人，不是凌觉吗？

他的脸色很不好，整个人都散发着一股危险气息，连站得稍远些的宣愉都能感受到那种威压，更别提他面前的那个司机了。

果然，司机不自觉地后退了一步，气焰瞬间矮了一截："你是谁？"

"看不惯的路人。"他的声音也是冷冷的。

"关你什么事？是他们撞到了我的车！"

"这里是货运通道，非行车道，严格说来违规的是你，他们根本不用赔偿。"

不愧是高才生啊。宣愉啧啧称赞，连辩解的角度都跟一般人不同，她就完全没想到这一点。

司机自知理亏，于是换了个策略："你知道这车是谁的吗？"

凌觉冷冷一笑："呵，我只知道这样的好车不是你的，你配不上。"

"你……我明早还要接老板出席重要活动，我现在就告诉他你们撞坏了他的爱车！"司机说着就掏出了手机，似乎真要拨打什么号码。

女经理和工人都有点儿急了，想上前说些什么，凌觉却横臂拦住了他们。

"你打啊，打通了让我也说两句，告诉他他的司机在非工作时间开他的车办私事。相信你老板通情达理，不会计较的。"

淡淡的语气飘然而出，似乎算准了司机只是虚张声势。其实宣愉也认为司机不敢，他不愿走保险而不停索要现金赔偿的理由当然是他想私吞。

又僵持了几秒，司机那副瞪得眼珠子都快掉出来的表情终于委顿了下来，说了一句"真倒霉"就快快回到了车上，一踩油门绝尘而去。

世界又回归清静了。大神果然厉害！

宣愉正想出声打个招呼，却看见他转过身，面对那个超市女经理殷切地说道："你没事吧？"

哇哇哇哇哇——宣愉忽然觉得自己好像发现了新大陆，那样温柔的语气，那样维护的态度，居然会出现在凌觉身上。看来这个超市女经理跟他的关系铁定不一般。

可是这女经理看起来已经四十多岁了，不知他们会是什么关系？

在这一刻，宣愉被"八卦女王"郭小墨附身了。

"真是太谢谢您了。"女经理的回答礼貌而周到，脸上挂着笑意写着感激，可是无论怎么看都不像认识凌觉的样子。

由于凌觉背对着宣愉，她看不到他脸上的表情，可不知为什么，她就是觉得他的肢体他的动作都很不正常，完全失去了他平时的从容。

女经理带着工人继续运货，凌觉却一动不动地伫立原地，呆呆地望着她的背影。

咳咳。这一幕让宣愉感觉自己很多余，连忙想混在人堆里绕过凌觉悄悄进入超市。

"宣愉？"

无奈还是被发现了。

她只好转过身去面对他。

"嗨……"

"你怎么会在这儿？"他旋即明白，"也对，这里是你家附近。"

"呃，我来买点儿东西，呵呵。"宣愉说完恨不得咬掉自己的舌头，这样的语气连她自己都知道有多不自然。

"你都看见了吧。"话刚一出口，凌觉脸上浮现出一抹尴尬，就好像被她窥视到了什么不得了的秘密。

"没有没有，我只是路过打酱油的。"她连连摆手，妄图证明清白。

凌觉又上前两步，目光更加近距离地落在她身上，似乎想将她的心思看个一览无余。

"你是不是想知道,她是我什么人?"

宣愉捂脸,这么直奔主题真的大丈夫吗?难道她心里想什么全都写在脸上啦?

"能陪我喝一杯吗?"

"啥?"她一定是听错了,堂堂大神是绝对不会邀请一个平凡的学妹陪他喝一杯的。

2.她被怀疑了,可她却有不能说的秘密

超市旁的酒吧里,凌觉要了一组宣愉完全不认识的酒,又给她叫了一杯色泽绚丽让人不忍下口的花式饮品。

太不可思议了,想不到她真的跟大神开启了"一起喝酒"的任务!如果她的无酒精饮料也算的话……

酒吧里人不太多,四周环绕的音响此刻正播放着舒缓的音乐。明明身处一个极其放松的环境,宣愉却觉得浑身紧张,坐立难安。

因为来自对面学长的压迫感实在是太强了。

凌觉一语不发地喝了一杯又一杯,眼神透过落地玻璃看向窗外,马路对面正是那家超市刚才发生碰撞的地方。

宣愉脑海中闪过一个大胆的推测——该不会他刚刚就是坐在这里,看见对面出了事才立刻跑过去?甚至,他有可能经常坐在这里。

凌觉忽然侧头看了她一眼:"你好像快憋不住了。"

"啊?"她一时没反应过来。

"那个女人是我妈妈。"

"啊?"宣愉真庆幸自己没端起那杯饮料,否则现在一定一口喷出来。

她听见的消息实在太劲爆了。

宣愉一动不动地盯着对面的男孩,她完全不知道该如何接话。凌觉放下手上已喝完的玻璃酒杯,身子向后一倒,像是失去力气般跌进了沙发的怀抱。

"我现在的母亲,不是我亲生母亲。我是我爸爸和她的孩子,她生下我后由我爸爸带回了家。"他朝超市方向扬了扬下巴。

宣愉这时不得不绞尽脑汁地接道:"嗯,这个,那个,如果说,还是……为什么?"

错乱的表达似乎让凌觉觉得好笑,他轻轻一喊:"因为母亲身体不好,不能生育。这是我高考前才知道的。"

她忽然有点儿懊悔,自己实在不应该这样好奇探听别人的隐私。

"她,不知道吗?"

"她根本不认识我。爸爸和母亲也不知道我知道。"他直视着宣愉的眼睛,"这是我的秘密。谁也不知道的秘密。"

这样的目光太过特殊,宛如一张网将她罩住,身体忽然就动弹不得。

"你为什么要告诉我?"

她百思不得其解。

凌觉端起另一只酒杯一饮而尽,而后重重放回桌上。他自嘲般一笑:"我也不知道,或许是喝多了吧。"

"学长……"

"那你呢?你有什么秘密吗?"

宣愉一愣,这是要同她交换秘密吗?只要她说出秘密,他就能得到安慰吗?

宣愉的嘴唇微微颤动,几次欲开口,可最终还是合上了。

她在美国的童年,抑或她与季远枫的初恋,这些往事她藏在心里珍之重之,说不出,也不愿说。

"算了,我只是随便问问。"凌觉深深一叹,放了她一马,"不过，今晚见过我的事，希望你不要告诉任何人。"

"好，我一定信守承诺。"

总算能为他做点儿什么，宣愉心里一松，伸出手掌要与他击掌为盟。

凌觉笑了，也伸出手，在她手心上轻轻一拍。

离开酒吧前，宣愉忽然想到什么——

"我还有一个问题。那辆车，究竟是什么啊？明明就是个帕萨特啊！"

凌觉白她一眼，像在嫌弃一个土包子："那是辉腾。"

坐在公安局审讯室里的宣愉，想到这一幕，还是忍不住会心地一笑。

"宣小姐，您听清楚了吗？"

问话的正是之前几个警察的领队，姓高，三十来岁，到目前为止态度还算客气。

宣愉端正了身体，双手撑在膝盖上，理了理思绪才答道："这几天我确实没有见过李元婧，要不是你们今天告诉我，我根本不知道她发生了意外。"

"谁能为你证明？"

又是这个问题。她的手下意识地握成了拳，脑子里飞速地回忆着从各种小说电视剧里学来的那一点点少得可怜的法律知识。

"这话应该我来问吧？我没有义务自证清白，如果你非要怀疑那晚我跟李元婧在一起，请你拿出证据来。"

"喵，小姑娘挺伶牙俐齿的。"高警官大概是见正面突破不了，于是索性换了个角度，"讲讲李元婧袭击你的事吧。"

宣愉缓了缓心神："那天我骑车回家，在车库锁车时被人一下罩住了头，还拖拉了好远，意图对我实施暴力。"

"一共几个人？"

"七个。"

"你受伤了吗？"

"没有。"

"我们约谈过另外六个女生，她们声称你很可怕，一个人打伤了她们全部。"

"胡言乱语！那天要不是我姐姐正好在，她们一定不会轻易放过我。"

高警官用奇怪的眼神看了她一眼，继续问道："你姐姐现在人在哪儿？"

"她回美国了。"

"宣小姐，我劝你最好不要撒谎，否则只会加重你的嫌疑。"

宣愉只觉得一口气扼住咽喉，她不断调整着呼吸："我没有撒谎。"

她说的是实话，为什么警察不相信？

高警官把记录口供的笔扔在桌上，似乎不打算进行下去了："你是不是以为不说实话我也拿你没办法？告诉你，虽然现在尚未有明确的证据，但我们有权扣留你48小时协助调查。"

要扣留……

宣愉低下头，尽管她不停地告诉自己要保持镇定，可她毕竟只是个二十来岁的女生，又怎么可能在这种情况下毫不焦虑呢？

怎么办？姐姐不在时，谁又能救她？

正在这时，审讯室的门被推开了。另外一名警察走进来，对高警官说："我们找到了她的不在场证明。"

宣愉猛地抬头，仿佛嗅到了希望。

高警官霍地站起来："哪儿来的？"

"隔壁审讯的男孩子提供的一家酒吧的监控录像。"

"那个男孩？一开始他不是也什么都不肯交代吗？"

"是的。"另外那个警察瞥了宣愉一眼，"后来他听说我们把这个女孩子也带来问话了，就……总之监控拍到，事发时他们俩在一起喝酒。"

高警官懊恼地一叹："真是两个怪人。"

无论如何，监控录像是铁证，宣愉没有了嫌疑，警察唯有放人。

"你可以走了。"高警官打开了审讯室的门。

"哦。"

她呆呆地站起来，呆呆地走到门口，呆呆地抬眼望去——

门外走廊上，一个清俊的男孩子双臂抱在胸前，正略显焦灼地来回踱步。

是他救了她啊。

这样的画面，看得宣愉的眼眶热热的，她只好紧紧抿着嘴唇以免失态。

"宣愉！"男孩看见了她，眼底刹那间焕发神采，大步跑到她身前。

恍惚之间，宣愉几乎以为他会就这么抱住自己。然而事实上——

"你是不是傻？"

哎？

宣愉瞪大眼睛。他干吗骂她啊？

"哪里傻了？"她不服气。

"你都成嫌疑人了，干吗不说清楚当时跟我在一起？"

"喂喂喂，是不是你说的，那晚见过你的事不要告诉任何人？"

凌觉微微一愣，他无论如何没有想到，在这样的情势下，她依然遵守着那个幼稚的约定。

"你呀!"他说不出话来,只好伸手在她额上弹了个栗暴。

"很痛的!"出其不意受了这一击,她委屈地护住脑袋。

他被她的样子逗笑了,心情也放松下来:"走吧。"

"去哪儿?"

"吃饭。"

"啊?"

"难道你还想在这儿过夜啊?"

凌觉抛给她一个不屑的眼神,转身往公安局大门走。只是极有意识地放慢了脚步,等着身后的女孩子跟上来。

"今天你救了我耶,我请你吃饭吧凌大!"宣愉乐不可支地、一溜小跑蹿到了学长身边,跟着他,一起走入了外头灿烂的阳光里。

3.她从没想过,季远枫有一天还会和别人恋爱

一个月过去,李元婧的案子仍旧毫无进展,现场监测也没有发现任何有用的线索。无奈之下,只能冠以意外暂时结案。听说李元婧依然躺在医院里,短期内都不会有苏醒的可能。

虽然她曾三番五次地找自己麻烦,但得知她现在的状况,宣愉还是心有不忍。

思前想后,宣愉从手机里翻出了凌觉的电话号码,给他发了条短信:

我们是不是应该去医院看看她?

等了很久,手机才收到回复:你谁?

晕,她这才想起来她还是第一次用手机联系他。

我是宣愉。

又等了很久:!!!

回三个感叹号是什么意思……

手机铃声立时叽里咕噜地响了起来，她按下了接听："喂？"

"你傻吗？李元婧坠楼我们是唯一被公安局传唤过的人，你想去见识她家人的愤怒？"

即使隔着电话，宣愉也能在脑海里勾勒出对面大神那副鄙视她的样子。

"呃，警察不都说是意外了吗？"

"他们家会有讲理的人吗？"

"你怎么知道人家不讲理？"

"看他家女儿的教养就知道了。"

凌觉振振有词，噎得宣愉说不出话来，甚至还感觉——好像有点儿道理。

"哦，那就算了，拜拜。"她正打算挂断——

"等等。"

"还有什么事吗？"

"……"

握着电话的凌觉似乎陷入了深思，过了好久才略显别扭地开口："晚上有空的话一起吃饭吧。"

咦？

宣愉进入了呆滞模式，不太明白他说的话是什么意思。大神在邀请她一块吃饭？这怎么可能呢……也不知为何，她就是本能地想退缩。

"那个，我下午有社团活动，得忙到很晚，呵呵。"

"等你忙完告诉我吧，就这么说定了。"跟着挂断了电话。

"喂喂！"

电话那头只剩下了断线音。什么情况？他们什么时候说定了啊？

这位大神自说自话的功力也太强了点儿吧？

宣愉又懵里懵懂地发了会儿呆，直到雷染君发来微信催她，她才急急忙忙换上衣服出门，暂时把凌觉的邀约放在了一边。

雷染君今天找她依旧是为了"穿梭巴士"项目的事，如今项目众筹成功，也正式由学校出面担保找到了有意向合作的金融公司，就等资料一补齐便可拿到80万投资。

说起来容易，可金融公司要求资料必须采用中英双语，这可难坏了雷染君，只好趁着季远枫不在又把宣愉抓过来帮忙。

于是，在项目办公室里，雷染君写中文，宣愉就立即翻译英文，两个人忙得天旋地转不亦乐乎。不知什么时候，负责后勤的小学妹蹦蹦跳跳跑了进来，凑到雷染君跟前笑眯眯地说："学姐，我又看到季学长和那个姑娘了，他们肯定在谈恋爱啊。"

宣愉的脸色唰地一下变了。

雷染君见状连忙瞪了小学妹一眼："胡说什么呢，没有的事别瞎猜。"

小学妹很委屈："我没瞎猜啊，我还听到他们说晚上要去金域饭店吃饭呢。"

"别说了！"雷染君一吼，吓得小学妹身子一抖，好像也明白自己说了什么不该说的话，在雷染君的示意下退出了房间。

"你别多想。"

听见学姐的安慰，宣愉也很想假装若无其事，然而刚刚还奋笔疾书的手现在却酸软得使不上力，连一个字也写不下去了。

"小学妹说'又看到'，说明她不是第一次告诉你了对吗？"宣愉气若游丝的声音，带有一丝无法掩藏的颤抖，"她是谁？"

还是问出口了啊。

雷染君一叹："为了穿梭巴士的项目，远枫之前联系了一家金融机构，那个女孩是公司派来对接的业务员。听说也是这个学校毕业的，算是咱们的学姐。"

宣愉神思恍惚，手掌不由握成了拳，紧了又紧。

"你真的别多想，小学妹只是见过他们走在一起，不代表他们有什么关系。"

之后雷学姐还说了什么，宣愉已经不太记得。她只知道自己今天难以完成翻译任务了，道了个歉就匆匆告辞。

从学生大楼出来，宣愉脚步虚浮，仿佛浑身的力量都被抽干了一般。她坚持走了一段路，终于还是支撑不住，在学校花园的长凳上坐了下来。

在与季远枫分手一年多的时间里，虽然她不明原因，虽然他待她冷淡，可她固执地认为这只不过是他们两人之间的问题。她从来没有想过，有一天他还会和别人恋爱；更加没有想过，他们之间还会横插进第三个人。

心像被人挖去一块，痛得鲜血淋漓。她用双掌盖住脸，手心却触到一片湿意。

原来，她又因他而哭了啊。

宣愉刚从美国回到中国时什么都不太懂。中文说得不好，学业也跟不上，捧着数理化的教科书就好像膜拜着天书；同学们觉得极其简单的试卷对她来说难如登天，对比之下自己在美国念的小学和初中就跟完全没学过东西似的。

学业上的劣势让宣愉不免胆怯，连带着跟同学们也不太合群。

这样离群索居地过了一学期，期末考她成绩倒数第一，老师甚至劝她做好留级的打算。

沮丧的宣愉放学后一个人坐在教室悄悄抹眼泪。

"嘿。"她听见教室后门外传来一个男孩子的声音,赶紧用纸巾擦了擦眼角。

回头看去,站在门口的男孩穿着学校篮球队队服,清朗的眉目中蕴含着暖暖的笑意,在夕阳的逆光中竟然显得勾魂夺魄。

她一时看呆了。眼角残余的眼泪也忘了去擦,就那么顺着脸庞流了下来。

男孩似乎一愣,自言自语般说道:"我只是叫你一声,用不着吓哭吧……"

"啊?不是的不是的。"宣愉手足无措,可又不知该如何解释。

男孩爽朗地笑了,大步走到她身边,俯身看着她:"我听见你在哭,发生什么事了吗?"

她不好意思地埋下了头。原来是这样啊,他路过教室时听见她在哭,所以来问她发生了什么。他可真是个善良的人。

男孩见她不说话,先自我介绍起来:"我叫季远枫,是你们隔壁班的。"

"呃,我叫宣……"

"你叫宣愉,我知道。"

她抬起头,不可置信:"你怎么会知道?"

季远枫忽然羞涩地挠了挠头:"你是我们学校的名人,大家都认识你。"

宣愉鼓着眼睛瞧他,他说大家都认识她,这怎么可能呢?作为一个差生,她感觉自己在这所学校里毫无存在感,每次下发成绩单她都恨不得缩到地缝里去。

"你骗人。"

"我骗你干吗,难道你没发觉,自你转学过来,你们班男生连上课回答问题都积极多了吗?"

哎?

"哈哈,瞧我,转学之前的事你又怎么会知道。"季远枫懊恼地一拍脑门。

宣愉还是用一副"不相信"的表情瞪着他。

他架不住地举手投降了:"你是男生们口口相传的冷面女神,我又怎么会不认识你?"

明明是一句戏谑的话,季远枫的口吻却极其认真,惹得宣愉不争气地脸上发起热来,更不知道该如何接话。

"你还没告诉我呢,为什么不开心?"季远枫话锋一转,回到了开头。

宣愉对他的戒心已消失无踪,于是和盘托出:"考得太差了。"

轮到他惊讶了:"就因为考试成绩?"

"你考个倒数第一试试。"她不服气地瞥他一眼。

他又呵呵笑了,露出极其整齐洁白的牙:"那这样吧,以后每天放学我给你补习。"

"啊?那怎么行,怎么能麻烦你。"

"你怕我教不好?"

"当然不是。"

"那你担心什么?"

"可是……"宣愉心里小鹿乱撞,她倒不是担心什么,只是她还从来没有跟一个男孩子单独相处过。

"别可是了,再怎么样也不会比现在更糟糕了,不是吗?"

于是,宣愉接受了季远枫的好意,他们开始在每天放学后相伴学习。她也是后来才知道,原来季远枫不仅是学校篮球队队员,还是他们这次期末考试的年级第一!第一!第一!

她顿时倍感压力……

季远枫给她制订了学习策略：她从美国回来不到一年，语文一定是最差的，数理化基础也很薄弱，而英语应该是她的强项。因此语文可以先放一放，她可以用英语的分数来弥补语文的不足，此外数理化再补到班上中游的水平，这样可以暂时应付近期的考试。

宣愉有点儿底气不足："一开始我也认为我英语没问题，可是考起试来总选错。"

"那是你对题型把握得不好，放心吧，下次考试准让你突飞猛进。"季远枫很有把握。

除此之外，为了树立宣愉的信心，季远枫替宣愉报名参加了两个中学生英语演讲比赛。结果当然是轻松拿回两个一等奖，一时间学校里下至同学上至校长都对她刮目相看，赞不绝口。

高一下学期期末考试时，宣愉凭借英语满分、其他科目也尚可的成绩成功进入班级前三十名。

再也没有老师会提及留级的事。宣愉知道，这一切，都归功于季远枫在她身上付出的心力。

成绩就这样扶摇直上，到了高三第一次模拟考试时，宣愉已经稳固地成为年级前一百名，考上重点大学毫无压力。

她请他去饭店吃饭作为答谢，茶余饭后季远枫用手撑着头，定定望着她说："我想要的答谢，可不是这个。"

宣愉的脸噌地红了，心脏也怦怦跳得越发起劲。也许是因为微醺，季远枫的眼神迷离而灼热，平时内敛的眷恋在这一刻明白无误地都写在了脸上。

"远枫……"她局促不安，根本不敢直视那双眼睛。

他苦涩地一笑："对不起，我太心急了。可是小愉，今天在学校看你作为学生代表上台发言，你是那么耀眼，我忽然有一丝恐慌，我怕有一天再也抓不住你。"

"怎么会？我有今天，都是因为你的鼓励和帮助。"

"你成长得太快。很快，你就不会再需要我。"

他话语里的落寞让她的心揪成了一团，她实在不懂，明明他才是她不可企及的那道光，至今为止的所有努力难道不是为了更接近他一些吗？

"远枫。"她深吸一口气，"一开始接受你的补习只是为了不留级，可后来不一样了，你成绩那么好，我如果不多努力一些，又怎么能追上你的脚步？"

季远枫闻言眼里闪过一道光芒，就好像快要渴死的人忽然得到一口甘泉，生命瞬间鲜活起来。

他终于小心翼翼地将藏在心里很久的提议说出了口："你愿意跟我考同一所大学吗？"

"当然愿意！"宣愉不假思索地脱口而出，又想到什么，吐了吐舌头，"如果我考得上的话。"

"我会让你考得上的。"季远枫目光灼灼，"小愉，我不会让你离开我。"

八个月后的高考，宣愉很努力很努力，可还是比季远枫在分数上差了一截。

填报志愿时她十分苦恼，远枫上清华是板上钉钉的事，她又该报哪里才能离他稍微近一点儿呢？

去教室找她的季远枫见状，直接抢走了她的表："这么复杂的东西你会填吗？"

她眼神一亮："你给我出出主意吧。"

季远枫不说话，照着自己那份已经填好的志愿表三两下抄了一份。

"喂喂,我的分数上不了清华的。"她急道。

"谁说我报清华了?"

季远枫笑眯眯地把填完的两个人的志愿表交给她,上面清清楚楚报了一所宣愉的分数够得上的学校。

她惊呆了,整颗心悸动不已。他怎么可以为她做到如此地步?

"这样不行,这太委屈你了!"

"怎么?你忘了我们的约定吗?"

"我……"

"好了,小愉。"季远枫伸手握住宣愉的双肩,一字一句坚定道,"我不会让你离开我,你就死了这份挣扎的心吧。"

她的心彻底沉沦在了这样的震颤中,低头的瞬间,眼眶里打转的泪水终究还是掉了下来。

4.瞳孔微张,手僵在半空,她整个人如坠冰窖

宣愉在学校花园的长椅上坐了很久,久到她回忆完那段往事,久到眼里的泪水都已流干。

花园里来往的行人都朝她投来奇怪的目光,她自嘲地想,在别人眼里自己一定就是只伤心失意的可怜虫吧。

欢快的手机铃声乍然响起,打破了周遭哀伤的氛围。

她吸吸鼻子,擦掉了眼泪,又清了清嗓子才接起来:"喂?"

"你忙完了吗?"凌觉浑厚的声音传来,莫名带给她一种安宁。

"嗯……差不多了。"

"你怎么了?"他似乎听出她声音的不对劲。

"没有啊。"她赶紧振奋精神,生怕被他听出来,"干了一下午活,有点儿累而已。"

"那正好,我们去吃饭,休息一下。你想吃什么?"

宣愉心里一刺："我想……去金域饭店，可以吗？"

其实未必真的能在那里碰见季远枫，但她就是控制不住地想去看看。

"没问题。"凌觉豪爽地应下了。

宣愉根本不知道金域饭店在哪里，她于是按照凌觉的要求在学校门口等他，不一会儿一辆深灰色的SUV（运动型多用途汽车）停在了她面前。

副驾驶的车窗摇下，露出驾驶座上凌觉酷酷的脸："上车。"

宣愉受宠若惊："凌大，吃个饭而已，不用这么大排场吧？"

"饭店是你选的，少磨叽，走。"

她只好乖乖上车，又乖乖系好安全带。默默掏出手机大众点评了一下，顿时震惊：金域不仅是一家死贵死贵的五星级酒店，还正好跟学校处了个大吊角，为了这顿饭他们将从西北奔至东南。

宣愉不禁看着正在认真开车的凌觉的侧脸。这样无理的要求为何他不拒绝？为何连个理由也不问就由着她任性？

车内空间明明足够宽敞，她却忽然坐立不安起来。凌觉似乎注意到她的状况，伸手扭开了收音机，选了个音乐舒缓的频道。

"你先睡一会儿吧，到了叫你。"

他如此体贴，着实让她松了一口气。于是闭上眼靠在椅背上，任由脑子里胡乱想着乱七八糟的问题。

一个小时后，凌觉停好车，轻轻拍了拍宣愉的手臂："到了。"

由于宣愉提要求的时间太晚，当时就已经订不到包间了，凌觉只好选了一张大厅落地玻璃旁的卡座。

"这里真气派。"宣愉环视一周，餐厅格局奢华大气，中央竟然还有一个喷水池，水花正随着一旁钢琴师演奏的曲子翩然起舞，"一定很贵吧。"

"怕什么,有我呢,你尽管点。"

她呵呵笑了:"不愧是凌大,财大气粗。"

凌觉斜她一眼:"你别跟他们学,什么凌大,叫名字。"

"呃?什么名字?"

"我的名字,你不知道吗?"

"凌……觉?"名字在唇齿间流转一周,她的脸居然有点儿发热。

"没错。"他满意地笑了,"愉愉。"

"咳咳!"正在喝水的宣愉听见他这么叫她,差一点儿呛到。

凌觉颇感无辜:"有什么不对吗?我听见你同学就这么叫你的。"

"也……没有什么不对啦!"宣愉的脸更烫了,事实上除了小墨以外,没有人这么叫过她。

"点菜点菜,呵呵。"她打开菜单挡住脸,以为这样就能遮住自己的窘迫。

这家餐厅的菜的确非常好吃,每一道都让宣愉爱不释口。也许是美食治愈人心,也许是对面男孩给予的温暖,她渐渐忘掉了想来这家餐厅吃饭的初衷。

主菜吃完,服务员端上了甜点。豌豆黄是宣愉的最爱,她用小叉子叉住一个,打算递给对面的凌觉分享——

不远处,大厅通往包间的走廊上,出现了一男一女手牵着手的两道身影。

宣愉瞳孔微张,手僵在半空,进退失据,整个人如坠冰窖。

因为这一男一女中的男,正是季远枫。

凌觉发现宣愉神态不对,也顺着她的眼光看去。

叉子上的豌豆黄恰好不堪重力掉落,跌在桌子中央的空盘上,砸出"叮"的一声响,吸引了男孩的注意力。

他的眼光投射过来，刹那间与宣愉纠结在一起。他也看见了她！

男孩条件反射一般，瞬间放开了刚才还握住的身旁女孩的手。那样迅速的动作，完全出于本能。

这一幕，一帧不差地都被凌觉收入了眼底。

"远枫，你怎么了？"一旁的女孩重新去拉他，他才如梦初醒，任由女孩拖着走出了大厅，好像什么也没有发生过。

不到一分钟的时间里，看似波澜不惊，可凌觉清晰地看见了那个男孩在看见宣愉的一刻，脸上那种失魂落魄的表情。

跟现在坐在他对面的女孩一模一样。

"愉愉。"

他甚至不确定自己应不应该叫她。

"凌觉……"她想开口说话，可是才刚刚叫出他的名字就已经哽咽得难以继续。

"我没事的，真的没事。"她的眼泪夺眶而出，她拼命用手去擦，可又哪里跟得上眼泪下坠的速度。

凌觉第一次看见一个女孩子哭得如此伤心，心里空落落地难受。可是除了静静地陪着她，他想不出还能为她做些什么。

真是窝囊。

凌觉站起来，走到中央喷泉旁边的三角钢琴旁，向正在弹琴的琴师交代了几句，琴师便让出了位置。

他郑重地坐下，双手分置琴键之上，轻呼一口气。手指按动琴键，便有轻盈流畅的琴音在空气中流淌开来。

他弹的是他最擅长的德沃夏克的《幽默曲》第七曲。

宣愉的世界一片荒芜。她什么也看不到，什么也感觉不到，只有那双男女交握的手一遍又一遍地在她脑海里回放，如同自虐一般，将她的心切割得支离破碎。

这样的痛苦,忘了比较好吧?这样的记忆,丢掉比较好吧?这样的人生,逃避比较好吧?

她与世界连接的大门,正逐渐地、逐渐地闭合。只剩下最后一丝缝隙——

似乎从极远的地方,有一阵冷冷的琴音传来。像润物的溪水,像破土的嫩芽,时而天高云阔,时而和风细雨,一点一滴地浸入她干涸的灵魂。

跳跃的音符,强弱变换的节拍,它们竟缓缓拉回了她的心神。她止住了哭泣,开始侧耳倾听,先前微弱的声音似乎也变得强烈一些了。

宣愉抬头望去,坐在钢琴前的男孩神色庄重,在琴音和灯光的衬托下是那样光芒四射。

凌觉……他居然还会弹钢琴。

A段结束,凌觉抬头看过来,对上了宣愉的目光,微微一愣。

琴音因此而停顿下来。但很快,他便重新低下头,进入了乐曲的B段。B段与A段相比曲风与节奏都大相径庭。从轻盈变为热烈,从灵动变为磅礴,仿佛小溪汇流终将奔入大海,种子发芽终将成长为参天大树,脆弱而稚嫩的生命终有焕发光彩的一天。

凌觉的琴音中饱含着强劲的生命力,仿佛将她破碎的心一片一片拾回,拼接归位,又一点儿一点儿地为她疗伤。

她的心不可思议地慢慢平缓下来。她在他的琴声之中竟然得到了救赎。

曲毕,全场所有顾客都报以赞赏的掌声。凌觉起身,朝她所在的方向走来;即使琴音已结束,他周身依然带着炫目的光华。

在这片光华的背后,在他极力克制却仍稍稍蹙起的眉间,她看到了来自他身上一丝异样的——悲伤？

他为什么悲伤？

她真的不懂。

"好些了吗？"

"我没事……"这一次，她说的是真的。

"我送你回家。"

"好。"

一路无话。只是当宣愉上楼后，看见凌觉的车还一直停在她家楼下，静静地趴了很久很久。

5. "凌觉，我请你千万不要可怜我。"

人们常说，使自己摆脱失恋的办法只有两个：一是跟另一个人谈恋爱，二是让自己彻底忙碌起来。毫无疑问，宣愉只会选择第二种。

她在网上向好几家金融公司投递了简历，想要申请一份实习的工作。

一个礼拜过去，还真有一家公司向她伸出了橄榄枝——秋实金融投资管理有限公司。

这是北京一家颇负盛名的金融投资公司，规模在行业内非国有领域中排得上Top3（第3）。按照传统，实习中表现优秀的学生毕业后便有机会成为公司正式员工。

郭墨对于宣愉的offer（录用信）羡慕嫉妒恨："愉愉，将来你混好了，一定要把我招进去啊！我毕业以后的工作就靠你啦！"

然而宣愉的心上却压着一块沉甸甸的石头，因为秋实金融正是投资"穿梭巴士"项目的那家公司，换言之，季远枫的女朋友就在这里工作。

只有宣愉自己知道这绝不是巧合，因为她在做秋实的申请报表时最为认真，从头到尾她想拿下的offer就只有秋实一家。

实习报到那天，宣愉略施粉黛，穿上了特意准备的通勤装，换上了以往从未尝试过的高跟鞋。

走入秋实办公室的那刻，她如临战场，不知敌人何时会出现。

负责引导她的人力专员对她的状态很是满意，还特意在公司周会上向同事们介绍了她。

"小宣是一位董事推荐的实习人选，这段时间主要负责各位的事务工作，希望大家多多指导她，使她尽快成长为能够独当一面的专业人员。"

会议室响起了一阵私下的交谈声，似乎都在好奇宣愉的背景。就连宣愉自己也深感意外，她还是第一次听说自己是由一位董事推荐的，他是谁？难道这位董事恰好看了她的简历？

正在她若有所思之际，忽然听到有一位女性的声音从办公室门外传了进来。

"又是谁塞进来的关系户吧？"一位年轻女子端着水杯翩然走入会议室，她的声音轻盈悦耳，说出来的话语却毫不留情。

待宣愉看清这个声音的主人，身子不由僵住——柔卷的秀发，曼妙的身姿，不正是那晚跟季远枫手牵着手的女孩吗？

她终于还是出现了啊。

"小钟，话不能这么说，小宣专业课成绩拔尖，又有项目众筹的经验，完全符合咱们选拔实习生的要求。"人力专员对"关系户"的说法显然不太满意。

女孩喊了一声，不再接话。

报到结束后，宣愉满怀心事地回到家，在楼下居然又碰到了凌觉。不对，不是碰到，分明是他一早便站在这里等她。

"嗨。"

自金域饭店回来以来,这还是他们第一次见面。想到那晚的情形……被他看见那么失态的自己真是丢脸极了,幸好,到目前为止他一个字也没问。

"你……怎么会在这里?"她微微低着头,仍旧不太敢面对他。

"我听你朋友说,你申请了一家公司实习。"

朋友?是小墨吗?果然是个大嘴巴……

凌觉仔细打量她一番,轻轻一笑,像是发现了什么新奇的东西:"你今天看起来不太一样。"

晕,这个人,居然开始评判起她的装扮来了。

女孩子对于自己的外貌总是在意的,她仰起头弱弱问道:"很奇怪吗?"

"怎么会?你就是你。"凌觉眼里藏着一丝若有若无的笑意,看得她又无端地紧张,只好赶紧别开眼睛。

她窘窘地想,跟大神也算有几分交情了,却依然不能泰然自若地对话啊。

"第一天实习感觉如何?"

"提前做了很多功课,但到了公司还是有点儿惴惴不安哪。"

"放心吧,很快就能熟悉了。"

听起来他很有经验的样子。

"凌大你也实习过吗?"

"嗯?"他斜她一眼。

"呃,凌觉……你也实习过吗?呵呵。"

听见她叫他的名字,他似乎很是受用:"我有自己的实验室,无须实习。"

"啊啊啊——"宣愉惊得下巴都要掉了,"传说中有一家大企业在学校里为一个学生投资了一间物理实验室,难道那个学生就是你?"

凌觉眉峰一扬:"你居然不知道？看来你那个八卦的朋友都比你更了解我。"

宣愉石化了，大神的世界，果然还是离她太远……

"不过，"他话锋一转，"最近我每天都要去市区，可以顺路送你去公司。"

"啊，不用不用。"她连忙拒绝，"你不用特意送我。"

"都说是顺路。"

"学长！"她打断他，默默下定决心，"有一句话，从那晚起我就一直想跟你说。"

宣愉鼓起勇气凝望着他的眼睛，只希望他能切切实实读懂自己的心意。

"凌觉，我请你千万不要可怜我。"

宣愉初始的实习工作很简单，不外乎是帮人订个机票、安排个会议室或是做个报销，似乎跟所学专业相去甚远。

她也并非全无收获。

宣愉打听清楚了那个女孩叫钟然婕，24岁，已入职两年，如今负责项目初选的工作，每天要从一大堆项目企划书里挑出看得过眼的几份，呈报给她的上级，和人力筛选简历类似。

宣愉也帮她打过几回下手，虽然她的态度算不上友好，但也并无刁难，更不像对宣愉本人有什么印象。

她忽然想起来，那晚在饭店的匆匆照面是有心对无心，她应该根本就没瞧见自己。

这样一想，心里反而松了一口气。

每天下班钟然婕总是走得最早的一个，步履轻快，哼着小调，公司前辈都笑着调侃：小钟这是谈恋爱了。大家起哄时宣愉却笑不出来，她只能勉强牵牵嘴角，才不至于露出太大破绽。

这样日复一日，宣愉的工作表现得到了前辈们的认可，工作内容也从一开始的：

"小宣，帮我订个会议室"

"小宣，帮我订张机票"

"小宣，帮我订间餐厅"……

渐渐变成了：

"小宣，这张报表帮我重做一份"

"小宣，这份项目企划书不错，帮我约谈作者"

"小宣，下周有个项目会议，你来负责整体安排"。

在大家的指导下，宣愉飞速进步着，也体会到了工作带给她的乐趣和成就感。

这个周五，宣愉在学校上完上午的课程，又照例来到秋实公司实习。

走到公司楼下时，她刚一抬手看表，手臂突然被一道力量握住，将她往旁边一拉，把她整个人带进公司旁边的一条小巷子里。

是谁？

宣愉惊魂未定地站稳，才看清现下还拉住她手腕不放的人——

他面上神情冰冷，周身却气息凌乱，似乎生了好大的气。

是季远枫……居然是季远枫……

她浑身都下意识地颤抖。

"你居然跟到了这里？"他咬着牙说出这句话，好像她出现在这里是一件让他痛恨不已的天大的事。

"我……我在这里实习。"

她只能怯懦地应对。

"别以为我不知道你想干什么。"说完这句话，季远枫加重了手上的力道，捏得她手腕处的脉搏突突跳得厉害。

"我只是……只是……"事实上她根本无从辩解，她来这里的目的原本就不单纯。她喜欢他，这份情愫她从不掩藏。她有什么错？为什么不能承认呢？

她索性实话实说："我想看看，你喜欢的人究竟是什么样子。"

轮到季远枫愣住了，他一定没想到被抓个现行的她竟会如此坦然。

"小愉，"他的语气温和下来，"你不应该来这里。"

她有多久没听见他这么叫她了？

"应不应该，我都来了。"她昂首道，"远枫，你是不是以为我是为了捣乱才来的？"

他默然无语。

"你错了，其实看见你们手牵手出现的那刻，我已经彻底死心了。你有了新的恋情，新的女朋友，我真心祝福。至于我来这里，是为了接受，为了面对。我每天看见她，就会一遍又一遍地说服自己，总有一天我会彻底放下。"

一颗泪顺着她的眼角滑出，她微笑道："远枫，你相信我，会有这么一天的。"

季远枫呆呆的，嘴唇张张合合，却没有再说出一个字。

宣愉轻轻抽出手臂，抹了抹眼角，便傲然朝着公司大门走去。

她没有看见身后的季远枫，如同抽走灵魂的木偶般，痴痴望着她渐行渐远的背影。

他第一次感觉到，竟真的快要失去她了啊。

这是他的选择，他唯有承受。

第三章 针锋相对

1.凌觉无疑是画面中最为夺目的焦点

一转眼,宣愉的实习已满三个月。周一的部门例会上,经理对宣愉的进步相当满意,还特意提出了表扬。

"从今天起,小宣就跟着小钟一起负责项目初选工作。"经理显然是想进一步栽培她,朝钟然婕嘱咐道,"小钟,你多教教她。"

宣愉的心蓦地高高提起,虽然经理提前暗示过要调整她的工作岗位,但她完全没想到会将她分进钟然婕的组。心里陡然生出一种谜一般的矛盾,一边担忧该如何与她相处,一边又不由自主地想由她的存在来不断敲打自己这颗依然怀着奢望的心。

部门经理宣布完这个决定后,会议室突然不正常地冷了场。所有同事都知道钟然婕的性子,她不喜欢宣愉这件事向来都是写在脸上的,因此生怕这位娇小姐会当面驳了经理的面子。

好在，钟然婕只是不屑地轻声哼了哼，并没有说出拒绝的话。

于是，宣愉在新的岗位上开始了新的工作内容。每天经理会将一部分项目企划书分配给她，她必须在仔细阅读后写出自己的意见，并编写简报发给钟然婕审核，然后由钟然婕从中挑选出值得一观的呈给经理。

起初，钟然婕倒是遵循着经理的安排；几天以后大概是看宣愉老实，干脆将手里忙不完的活全都一股脑地塞给她，自己则提前去洗手间补妆，然后踩着点儿打卡下班。

好几次，宣愉都透过办公室的落地窗，看见一个男孩双手插兜，背朝着办公楼站立等待；偶尔当他回身向上望时，她总是心虚地躲进阴影里，虽然明知他根本不会看见自己。直到钟然婕下楼，愉悦地把手臂吊上男孩的胳膊，直到他们走远，宣愉才敢从角落里走出，任由这一幕像刀子一样割着自己的心。

也是奇怪，同样的疼痛一遍又一遍地经历，渐渐地，却不如刚开始时那样锐利了。

难道这就叫作"接受现实"？

宣愉把所有上课之外的精力都投入工作中，不管钟然婕当天扔给她多少事，她即使加班到深夜也一定会全部完成。

一段时间以来，宣愉有了不少心得体会，她把她认为有潜力的企划书全部摆在了文件的最上层，并在邮件正文中写了几句自己的推荐，连同简报一起发给钟然婕，并按规矩抄送给了经理。

几分钟后，办公室响起了"咚"的一声，把正在工作的同事全都吓了一跳。

"宣愉，你过来！"钟然婕怒气冲冲地从格子间里站起来，大家才发现刚才的响声是她把水杯重重地砸在了办公桌上发出的。

宣愉不明白自己做错了什么,只能懵里懵懂地走过去。

"谁让你自作主张的?"钟然婕指着电脑,手指不断地戳着屏幕上赫然显示着宣愉刚才写的邮件的正文。

宣愉明白了她怒气的由来,轻吸一口气解释道:"我只是想表达我的意见。"

"你只不过是个实习生,有什么资格表达意见?你是不是觉得经理看重你,就可以越俎代庖?"

"我完全没有这个意思,你误会了。"

"误会?那这是什么?"钟然婕从桌上叠放的文件最上层抓起一份狠狠扔在地上,宣愉瞥了一眼,那是自己挑出来的"超级电容"项目企划书。

"这是我明确表示过淘汰的项目,你捡回来放在文件里是以为我眼瞎看不到吗?"

"不是的,我在邮件里也写了,我认为这个项目是有潜力的,所以……"

"所以你就自作聪明?你懂什么叫超级电容吗?你知道它有什么商业化价值吗?你是不是觉得项目书里写得天花乱坠它就真的厉害?"

"我……"

隔壁桌的老员工邓姐连忙上来打圆场,她拉了一把宣愉示意她不要再说话,眼神往办公室门外瞟了瞟,说:"好了别吵了,小宣是个新人,有什么不懂的你好好说,这么大动静让经理听到多不好。"

钟然婕抄着手,依然气鼓鼓地瞪着宣愉。

邓姐又道:"走走走,小宣陪我去趟洗手间吧。"

宣愉知道邓姐是在帮她解围,没有再多说什么,只是跟在邓姐身后出了办公室,一直跟到了洗手间外才稍微松了一口气。

"邓姐，谢谢你。"

"唉，小钟脾气太冲，让你受委屈了。不过你呀，确实犯了办公室忌讳。刚才那个邮件我看见了，你才接手这份工作不久，不应该贸然发表意见的，就算有什么建议，也可以私下先跟小钟商量。"

宣愉想了想，很快便领悟："我知道了，邓姐。"

邓姐拉过她的手，像一个邻家阿姨一样劝慰她："你也别太放在心上，说白了小钟也是介意你的加入，所以对你尤其苛刻。"

"她为什么介意？"听邓姐这么一说，宣愉不由得心虚，该不会……她知道了自己和季远枫曾经的关系？

邓姐瞧了宣愉一眼，呵呵笑了："因为在你出现之前，她是男同事眼中绝对的司花，可是现在，风向有点儿变了哦。"

画风突然转到八卦频道，宣愉不由得尴尬道："呃，就因为这个？不太可能吧……"

"哈哈，一山不能容二虎，除非一公和一母。"邓姐笑得开怀。

回到座位，宣愉通过rtx（公司内部通信软件）给钟然婕发了条道歉的消息，这事才算平息下来。然而当着众人的面受到指责，这个人还是前男友的现女友，宣愉心里又如何能好过？下班后她一时不想回家，拿起手机打开通讯录，从字母A翻到Z，又回到A。

该找谁聊一聊呢？事关季远枫，能找的似乎只有雷染君学姐。她翻到L那页，却在"雷染君"的名字之前看见了"凌觉"两个字。

不知为何，心中忽然一动。

自从正式开始实习，已经很久没有他的消息。上次他特意来找她时，她说的最后一句话却是："我请你千万不要可怜我。"

她还记得凌觉那一刻的眼神，她在他眼里看见了震惊与震惊过后的片刻惊慌。

"你是这么认为的？"他的语气中分明蕴含着深深的失望。可来不及听她回答，他已经沉下了脸，然后丢给她一个萧瑟寂然的背影。

这样的背影让她心中不安，可是开口叫住他这种事，她无论如何做不出来。

陷在回忆中的宣愉，不知不觉碰到了屏幕上的"呼出"键。

……

"喂？"电话那头突然响起了那个浑厚的声音，吓得宣愉连手机都差点儿摔在地上。

什么情况？就算她不小心拨出去了，这接电话的速度也太快了！

"那个……"许久没有听见凌觉的声音，尤其此刻这声音回荡在空旷的办公室里，她的心莫名紧张得厉害，更不知该说些什么好。

"找我有事？"

"没事，我只是……"

"你只是打错了？"

呃，大神不愧是大神，即使她真是打错了眼下也根本不敢承认了。

宣愉抠着头皮努力地编了个话题："我就是想问问你最近怎么样，好久没联系了。"

电话那头沉默了一阵，才说道："你还没下班吧？"

"你怎么知道？会算卦吗？呵呵。"

"十分钟后我会开车路过你们公司，送你回去吧。"

"这怎么好意思……"

"放心吧，真的是顺路，你别多想。"说完这句电话便断了，不再给她犹豫和拒绝的机会。

宣愉握着手机呆了呆，她知道自己再拒绝的话就显得太过矫情，于是只好收拾东西下楼。

走出大门时暮色已深，华灯初上，她一眼便看见凌觉的车打着双闪停在路边,而他就坐在驾驶座上,透过副驾驶摇下的车窗朝她的方向看过来。

四目相接的瞬间,她在他本无表情的眼里看见了一丝星星点点的暖意。如果说眼前的情景是一幅画,那凌觉无疑是画面中最为夺目的焦点,吸引着她挪动脚步向他所在的地方靠拢。

宣愉打开车门上车,故作轻松地道:"嗨,好久不见。"

有三个月了吧?

"嗯,是够久的。"

凌觉语气平淡,刚才明明一直盯着宣愉,可这会儿她上了车,他反而目不斜视,只是专心致志地开车,更加没有主动开口说话的意思。

车里蔓延着无尽的沉默,憋得宣愉难受极了,再不说话她感觉自己真的要憋坏了。

"凌觉,"她稍微侧过一点儿身,看着他的侧脸,"你了解超级电容技术吗?"

凌觉微微一愣,大概是没想到她会跟自己说这个,缓了缓才道:"嗯,是一种与电池不同的物理性质的储电技术。当下最热门的就是石墨烯。"

"哇,大神果然什么都懂。"宣愉两眼放光,"也对,你本来就是物理专业的。"

凌觉瞥她一眼:"物理有许多分支,并不是全局通吃的。"

言下之意,他什么都知道果然还是因为他是大神咯?宣愉心情大好,决定不去戳穿他的臭美,呵呵笑道:"我今天看见一份项目企划书,是希望我们公司投资他的超级电容技术的,虽然我不太懂,但对里面描述的那些应用场景心领神会。"

"拉投资的企划书当然都把自己吹得天上有地下无。"

"喂，你怎么跟我那些同事一样啊？"宣愉瞪他，"还是说，你也认为咱们国家技术水平不行，这些事只能让外国人干？"

凌觉闻言，脸上露出颇为意外的表情。恰遇红灯，他踩下刹车，侧过头，就那么静静看着她。

宣愉也不示弱，依旧瞪着他，只是瞪着瞪着面颊上不禁就爬上两抹红晕，心里也越来越没底气地发虚。

所幸红灯适时跳绿，在后面车辆的催促下，凌觉才回过头继续往前开。

她拿手背挨了挨自己的脸，还真是有点儿发热呢，呵呵。她是怎么搞的，为什么就不能在大神面前表现得稍微从容一点儿呢？

宣愉的那点儿小沮丧还在胸口转啊转，凌觉却突然郑重开口道："当然不是。若论石墨烯技术的研发，中国认第二没有人敢认第一。只是要将一个实验室技术产业化，不是那么容易的事。"

咦？大神的语气，分明是正儿八经地在与她讨论这个问题，而不只是将她当成女孩子闹情绪！宣愉像受到鼓励一般雀跃地端坐了身体，说道："这样的项目一百个里押中一个也足以让公司名利双收。"

"你说得没错，但这种项目初期投资大不说，试错成本也高，除了国家资金扶持，一般的私募资本是不敢冒这个险的。"

"你总说国家扶持国家扶持的，我当然知道，可是民间资本如果不能更多地参与，又怎么能让这项技术加快市场化进程呢？"

"呵。"凌觉的声音听起来莫名欣悦，"愉愉，我快要对你刮目相看了。"

呃，她可以把这句话当成大神对她的肯定吗？宣愉心里美滋滋的，更加来劲："凌觉凌觉，你跟我讲讲，你的实验室主要是做什么研究的呀？"

"你想知道？"

"想！"她连忙举起双手表态。

或许是被她的样子取悦了，凌觉难得地松了口："等你有时间，我带你去参观。"

"好呀好呀，我……"

话音未落，只听见"吱"的一声长啸，身体也猛然往前一冲，好在有安全带把她死死拉住。

这么猛烈的急刹车是怎么回事？

"愉愉，你没事吧？"凌觉担忧道，"抱歉，前面突然有人冲出来。"

"没事没事，我们快下去看看。"宣愉拍拍胸脯，透过风挡玻璃看见一个女孩站在车前，似乎被吓傻了的模样。

可是当宣愉下车看清那个女孩是谁时，傻的人顿时变成了自己。

那个女孩，居然是钟然婕。

2.两位男子面对面一站，竟有了点儿剑拔弩张的味道

眼前的钟然婕紧紧抱着双臂，目光涣散，脸上还有未干的泪痕。

"你……没事吧？"宣愉轻声问道，却半晌也没有听到回答。她为难地看了凌觉一眼，要知道他也曾经在酒店见过钟然婕一面，只是不知他是否还记得？

"你认识她？"

"嗯，她是我在公司里的前辈。"

钟然婕听见这话终于有了点儿反应，她把目光移到宣愉身上，片刻后轻轻一喊："竟然在这里遇到你，还让你看到我这副鬼样子。"

的确，眼前落魄的钟然婕全然没有了平日里一丁点儿的光鲜亮丽。

"发生什么事了吗？"

钟然婕勾起嘴角嘲讽地一笑,一边用手擦脸,一边不经意地往自己刚才跑来的方向偷瞄。

宣愉发现了这一点,顺着钟然婕的目光看去,很快便见一道人影正在往她们站立的方向追来。

人影虽然背着灯光以致看不清脸,但宣愉仅凭那人的身形和走路的姿态就能认出——他是季远枫。

呼吸刹那间一室,他怎么会出现在这里?

但很快宣愉便想明白了,钟然婕应该是跟季远枫闹别扭赌气逃走,而季远枫慌忙追了过来。

人影大概也看见了宣愉,脚步稍稍迟缓,紧接着便以更快的速度冲了过来,直到他的脸清晰无误地映在了宣愉的瞳孔中。

宣愉知道他当然不会跟自己友好寒暄,可她也没有想到,他竟然下意识地把钟然婕往后一拽,错身挡在她身前,用十分厌弃的语气说道:"怎么又是你?"

这番保护者的姿态,连钟然婕都微微一愣,她伸出手勾住了季远枫的衣袖,之前心里的不愉快似乎顷刻间烟消云散。

宣愉不得不再一次被呈现在眼前的现实打了一记耳光。是啊,此时此刻,钟然婕才是他心里在意的女孩。

她苦涩一笑:"对不起,刚才开车差点儿撞到她。"

话音一落,季远枫的眉头深深拧起,语气也更加凌厉:"怎么搞的?你不会开车就别开。"

"我……"她还想解释,手腕却被侧面的一道力量握住,轻轻一拉,她顿时贴近了站在她身侧的男孩。

"车是我开的,跟她没关系。"凌觉语气森然,不自觉地挡在了宣愉身前,"抱歉吓到你朋友,但我不认为她闯红灯过马路是我们的错。"

两位男子身高体格相仿，这么面对面一站竟有了点儿剑拔弩张的味道。

季远枫的目光落在凌觉身上，似乎有片刻错愕，随后又看了看宣愉，如恍然大悟般轻蔑地一笑："没想到竟然是你。"

这样的笑，让宣愉心里极不舒服。她不愿再多做停留，于是对季远枫说道："如果没事的话，我们先走了。"

正想转身离开，凌觉却已先她一步拉住她的手腕带着她走到副驾驶车门，跟着打开车门把她塞进座位，自己再回到驾驶座。

车一气呵成地启动，季远枫和钟然婕的身影在后视镜里愈渐变小，直到消失不见。

宣愉深深叹了口气。

"你……"凌觉试探性地说了一个字。

"我好像，总被你看见狼狈的样子啊。"她沮丧地缩了缩身子，"在你们研讨会会场，在公安局，在金域饭店，还有刚才……"

"我不觉得。"

"什么？"

凌觉虽未看她，语气却异常认真，"每个人都有不止一面，不管在什么情况下，你都是你，没有什么狼狈可言。"

宣愉侧头看着他，脑海中浮现出那晚在超市外，他被她窥见的秘密。她轻轻笑了："当时，你好像没这么洒脱。不知是谁喝了一组龙舌兰哦。"

"那时失态是因为没想到第一个知道这件事的人会是你。"凌觉握住方向盘的手指紧了紧，"但是现在，我很庆幸了解我另一面的人，是你。"

月色正好。

宣愉先前还有些郁结的心，此时却如同这轮冒出云层的明月一般,皎洁无瑕。

第二天一到办公室,宣愉便被钟然婕叫去了角落里的茶水间。房间里只有她们二人,钟然婕也不绕圈子,直截了当地问道:"你是不是认识我男朋友?"顿了顿,"就是季远枫。"

宣愉愣了愣,既然她这么问,想必是知道了些什么。她自然明白欲盖弥彰的道理,因此决意不再隐瞒:"是的,我们在同一所大学,以前也……念同一所高中。"

"那……"钟然婕咬着嘴唇思索了片刻,才下定决心般抬眼望着宣愉,"你知不知道他之前的女朋友是谁?她是什么人?她比我漂亮吗?为什么让他念念不忘?"

连珠炮一样的问题轰得宣愉眼冒金星,前几个问题她尚且能听明白,可最后一个问题,她却不懂她的意思。

念念不忘?根本是弃如敝屣才对吧。她疑惑地看着钟然婕,钟然婕窘迫地挪开眼睛,脸上也浮现出一抹红晕:"我知道这么问很可笑,但我真的很喜欢远枫,想多了解他。我总觉得他有什么心事。"

听钟然婕这么一说,似乎她并没有发现自己就是季远枫前女友这件事,那她也无谓多生枝节,于是安慰道:"你才是季远枫的女朋友,过去的事我也不太清楚。何况昨晚他那么担心你的状况,你完全可以放心啊。"

时至今日,宣愉能说出这样释然的话连她自己都感到不可思议。更要紧的是,她的这番话竟是发自真心。

钟然婕闻言吐了吐舌头:"看来我真的太患得患失了。"她忽然走上来挽上宣愉的胳膊,"以前我对你态度不好,希望你不要介意,你放心,以后绝对不会了。"

这画风陡然转得太快,宣愉几乎不能适应,只好以礼貌的笑容来回应钟然婕突如其来的热情。

之后的工作中，钟然婕果然没有再为难宣愉，更将工作两年的经验倾囊相授。不只如此，她还把被她否决的超级电容的项目书重新找了出来，让宣愉联系作者修改之后重新上报。

也许……从前与钟然婕之间的误会就这样化解了？

总觉得哪里不太踏实呢……

秋实金融即将举行一年一度的项目成果展览，组织展会的重任落在了宣愉所在的部门。在部门例会上，经理给大家分配了任务。宣愉领到的任务是准备资料，而钟然婕则是现场讲解小组组长。

会议结束前，经理问道："大家对各自任务还有什么疑问吗？"

按说经理的安排已经十分完美，可钟然婕居然站了起来："经理，能不能让宣愉加入我的小组？"

在场的人，包括宣愉都不禁惊讶了。要知道来看展的几乎全是公司重要的投资方，因此讲解环节显得尤其重要，负责讲解的人员必须对公司历史、现状、项目情况、数据信息都相当了解，而宣愉明显经验不足。

"我是这么想的。"钟然婕补充道，"如今咱们的投资方里增加了许多外资，这次展会肯定会吸引不少欧美人士，而宣愉在美国留过学，她的英语是咱们团队中最好的，经理可不能浪费人才啊。"说完还朝宣愉调皮地眨了眨眼。

如果能得到现场讲解的工作机会，对宣愉当然会是一个相当大的促进。她连忙在经理询问的眼神中站起来表态："我愿意加入。"

"有信心干好吗？"

宣愉迟疑了片刻后，坚定地点了头。钟然婕接话道："经理放心吧，这几天我会把所有需要她记住的资料都告诉她的。"

"那好吧,小宣你务必多用功。"经理对宣愉的工作表现一向满意,因此也愿意给她机会。

之后,在不到一个星期的日子里,钟然婕布置给了宣愉接近100页的Word(文档)资料,让她不仅要记在心中,现场还要用英文说出来。

带着这样一项几乎不可能完成的任务,宣愉开启了鏖战模式,打算每天在公司奋斗到深夜。

晚上10点,办公室只剩下她一个人。微信突然弹出一个加好友的邀请,她一看,居然是凌觉。

上次无意间提到微信时,凌觉居然说他从没用过,当时还被她鄙视了一番。

宣愉乐呵呵地点了"通过"。

屏幕上很快弹出对话框:"在干吗?"

"加班呢。"

"什么事这么忙?"

"下周要去上海举办展会,我要负责现场的英语讲解,在恶补。"

"是秋实的项目成果展?"

"你怎么知道?"宣愉好奇。

隔了几分钟,凌觉才回消息:"哦,网上查的。"

"我有点儿紧张呢,怕讲不好。"

"这个展会我也会去参加。"

收到这个消息,宣愉来了精神:"啊?你去干吗呀?"

"我的导师要去,叫我陪他一起。"

原来是这样。宣愉还没来得及回,又弹出一条:"上次听你说,你看上那个超级电容的项目企划书,作者已经修改好了?"

"是啊,怎么了?"

"没什么,你带到展会上去吧,正好我想看看。"

"咦?你想看的话,我可以带到学校给你啊。"

又过了一阵:"磨叽啥,让你带你就带。"

"哦哦哦,带就带!"

"嗯,这就对了。"

宣愉又接着看了会儿资料,就在100页Word看了一半时,电话铃声咿咿呀呀响起来——

"我到你楼下了,走。"依然是凌觉浑厚的嗓音。

心里涌起一丝带着无奈的绵软,她知道他接下来一定会说——

"我顺路。"

没错,就是这样。宣愉不禁笑起来。

"笑什么?还不赶紧下来!"

"是是是。"她愉快地一边哼着歌一边收拾东西下楼。这位凌大神真是……时而是温润公子,时而是霸道型男啊!这个形容……咳咳,好像莫名地贴切。

因为有凌觉的存在,一整天忙碌外加加班造成的疲惫感轻易就被一扫而空。

3.即使万般小心,她还是跌入陷阱,搞砸了一切

一周时间很快过去。

宣愉跟着公司团队一起到达上海博恩酒店,又在钟然婕的带领下忙前忙后地布置会场,此外还要利用休息时间进一步温习背下来的资料。

正式开展的那天早晨,宣愉再次收到凌觉的微信:"我下午到。相信你没问题的。"

大神的鼓励顿时让她心中安定不少。

上午观展者众多，钟然婕为避免宣愉忙中出错，一直都紧紧跟在她身边，以防万一有错时可以及时救场。然而令她意外的是，整个上午宣愉共接待了30多个参观者，讲解超过10次，还解答了数个问题，却一个错误也没犯过。

中午吃饭算是个小小的庆功宴，因为计划里需要接待的重要投资者在上午已经全部观展结束。

吃到一半时钟然婕出去接了个电话，回来之后向大家宣布了一个好消息："经理说今天的展会已经大功告成，下午让我代表他请大家一起去外滩逛逛。"

同事们自然是欢呼雀跃的，但也有人不太放心，人全走了，下午的展会怎么办？

钟然婕略带歉意地坐到宣愉身边，拉起她的手说："经理说，希望你在会场替大家盯一盯。"

宣愉微微错愕，倒不是因为不愿意，而是稍有担心，这五个展区她一个人是无论如何也应付不了的。

"放心吧。"钟然婕给她支招，"该来的上午都已经来过了，下午来的要么无关紧要，要么是竞争对手派来打探虚实的'间谍'，你坐在一边看他们自行参观就行，根本不用讲话。"

宣愉心里仍是忐忑，钟然婕拍拍她的手补充道："这也是经理的意思。"

大家沉浸在能出去玩的喜悦中，都对这样的安排表示没有异议。宣愉也只好答应下来。

于是整个下午，偌大的会场只剩下宣愉以及几个酒店服务人员。

钟然婕说得没错，下午进场的人数远远不及上午，就算偶尔有人过来，也只是粗略地看上几眼便匆匆离去。

宣愉坐在展柜旁的凳子上，拿出手机看了看时间——已经下午3

点。展会4点便会结束，凌觉应该会在4点前赶到吧？等他和导师到了，她一定好好带他们参观，好好为他们讲解，让他瞧瞧自己这一个星期的努力可不是白费的。

沉浸在自己想象中的宣愉，并未注意到展厅之外，由远及近的些许动静。

凌觉下飞机后便直接坐上了赶往博恩酒店的私家车。

许晨一又疲又累地跟在他身边，实在无法理解这位大神的脑回路。

"上午刚参加完技术峰会，晚上还有重要的实验，为什么难得一个可以休息的下午要跑来上海？"

凌觉答得云淡风轻："我说过，看一个展会。"

"我知道啊，你们家老爷子让你跟他一起去，可以前你不是最不喜欢他派给你的活吗？你不是常说只喜欢搞技术，不喜欢做投资吗？"

凌觉斜了许晨一一眼，对方脸上的哀怨尽收眼底："我好像并没有让你跟着我。"

"那怎么行！事有反常必为妖，作为你实验室的贴心助理必须要百分百把握你的心理动态。"许晨一盯着凌觉的脸，突然贼贼地一笑，"我猜，是因为宣愉？"

凌觉面颊微微一抽，别开头去没有接话。

许晨一一跃而起坐直了身体，双眼像是发现了新大陆般闪闪发光："凌大，你居然没有反驳？"

凌觉依然不说话，只是静静看着车窗外变换的风景。

直到许晨一下一句话传进耳里："你是不是喜欢她？"

他感觉心头像被什么东西猛然刺中，心里也无端生起一股狂躁。

偏偏许晨一是那种不识相的打破砂锅问到底的人："你喜欢她，

对不对？我不会看错的，最近在实验室你老走神，上次在实验中还突然问我微信该怎么用。那可是你最重视的一个材料实验，居然也会分心，哈哈！"

凌觉越听越觉得连咽喉也被那股狂躁扼住，他不由松了松衬衫的第一颗纽扣。

"师傅，把冷气打开。"他需要冷静冷静。

司机颇为不解："凌少爷，现在正春寒料峭。"

车窗外路过的行人，大多都还裹着御寒大衣。

一阵尴尬。

"噗哈哈哈，想不到凌大你也有今天！"许晨一捧着肚子笑得极为开心。

车刚开到博恩酒店门口，恰好碰到凌老爷子一行也正在下车。

老爷子看到凌觉，似乎吃了一惊，然后笑着朝他招手："好久不见，没想到你真的来了。"

凌觉略微别扭地走过去，叫了一声："爸。"

老爷子又慈爱地对许晨一点了点头："小许也来了。"

许晨一受宠若惊："凌叔叔居然还记得我？"

"当然，你是凌觉的朋友。"

许晨一激动得差点儿就要泪流满面了。

凌觉鄙视地看了许晨一一眼，对老爷子道："进去吧，还有一小时展会就结束了。"

几人在服务人员的引领下步往位于酒店中心的展厅。凌老爷子今天并不是只身前来，而是带了一位合作伙伴，一路上一边为那人引荐自己的独子，一边介绍公司过去的成果和一些未来发展规划。

几分钟后，会场门外，两名服务人员同时拉开两侧厚重的厅门——

凌觉把目光投向门内，本该是组织有序的会场内冷冷清清，除了酒店服务员正在更换茶歇甜点外，就只有一位穿着"秋实"工作服的女孩在场，偏偏本应该站在展柜前端正迎接的她此刻却坐在椅子上，还捧着手机发呆傻笑。

凌老爷子的面色忽然间冷到冰点。

"怎么回事？"老爷子语气凌厉，凌觉听得出他是真的生气了。

玩手机的女员工抬起头来，眼里露出全然的懵懂。当她的目光从一行人身上滑过，落在凌觉身上时，脸上顿时舒展开来，从椅子上霍然起身："你来了？"

凌觉朝她使了个眼色，可她完全没有领会到，反而笑眯眯地问道："这位一定是你的导师吧？"

"你是秋实的员工？"跟在凌老爷子身边的秘书问道，"其他人呢？"

"他们……不在……"

"怎么回事？我明明提前打过电话给你们，说董事长下午会过来！"秘书也按捺不住，生怕老爷子怪他办事不力。

眼前的女员工睁大双眼，似乎惊呆了："我们没有接到通知……"

凌老爷子见这个员工还搞不清楚状况，之前隐忍的怒气终于悉数爆发："秋实怎么会有你这种员工？不可理喻！"

说完便带着他的合作伙伴拂袖而去。

秘书用同情的眼光看了她一眼，也急忙跟在老爷子身后走了。

凌觉站在门外，与会场内那个孤零零的身影相对，他看见她身前交叠的双手紧紧相握，看见她纤细的身体轻轻颤抖，看见她紧咬着嘴唇强自忍耐。

许久之后，他听见她说："凌觉，我是不是把什么重要的事搞砸了？"

她的声音空洞而悲怆，他几乎立即就想冲上去抱着她，告诉她一切都有他在。

一旁的许晨一戳戳他的胳膊道："凌大，还不快去安慰安慰人家。"

凌觉闻言反而忽然清醒了，她现在需要的是安慰吗？不，他不这么认为。

只留下一句"你先回去休息吧"，凌觉毅然转身离开。

4.越被逼到死角，越能摒弃杂念放手一搏

宣愉不记得剩下的时间是如何度过的。

只记得回到北京后整个部门被公司通报批评，经理被削了一级，而宣愉则接到了人力"劝退"的通知。

本想找钟然婕问个究竟，可自从那天在展会一起吃过午饭后，钟然婕竟然再也没有出现过，只余经理办公桌上的一封辞职信。

邓姐义愤填膺："小钟这次把大家害苦了，尤其是委屈了你，她当然没脸再来上班。"

宣愉倒并没有觉得多委屈，那种情形之下董事长会发怒也是理所当然的。但心中有一个疑问一直在膨胀。她走进经理办公室，问道："展会那天中午，您有给钟然婕打过电话吗？"

经理正觉得心里的不甘无处发泄，朝宣愉吼道："我是打了！但我根本不知道董事长要过来！秘书是直接通知的小钟！谁知道她根本没汇报，还捅这么大一娄子！"

宣愉心里"咯噔"一下。经理的话印证了她心里的猜想，钟然婕明明知道一切，却偏偏带走了所有同事而留下宣愉一人。

显而易见，她是故意的。

是该怪自己身为职场新人太没有经验，还是低估了女人因爱生妒的疯狂？

可宣愉不明白，钟然婕为何恨她到如此地步？甚至不惜牺牲她自己那份原本大有前途的工作？

然而如今想这些已毫无意义，宣愉投注了所有精力的第一份工作，就这么丢了。

她只能低落地收拾起工位上属于她自己、需要她带走的东西。

整理抽屉时，一份文件滑出，封面上印着几个大字：超级电容项目企划书（修订版）。

这个项目……宣愉脑海中回想起，当她电话通知作者做出修改，并承诺会向上报送时，作者在电话里激动得手舞足蹈的声音。此外，她还查阅了大量资料，在企划书的最后附上了几个成功商业化的技术案例，并写下了她对超级电容未来商业化的设想，其中耗费了多少心血只有她自己知道。

可事到如今，想把它报给经理并得到他的重视怕是根本不可能了。

宣愉把企划书紧紧握在手中，无论如何，她不想就这么放弃。哪怕她即将离职，也想再为这份凝聚了作者无数汗水和期待的企划书最后努力一次。

再三思量后，她拿起了手机。

微信界面里，凌觉发来的信息赫然浮在那里：愉愉，我有事找你，等你电话。

这已经是两天前的消息了，她一直没有回复。因为她又一次被他看见了自己狼狈无措的样子……虽然凌觉再三强调从不觉得她狼狈，可是在大神宽容的衬托下，她愈加觉得无地自容。

宣愉定了定心神，拨通了凌觉的电话。

"喂？"

电话那头的声音听起来神采奕奕，宣愉也强迫自己打起精神："凌觉……"

"你还好吗？"凌觉话语中隐有担忧。

"我没事啦，就是……嗯，你能不能帮我一个忙？"她知道自己的想法有些唐突，但除了凌觉，她实在想不到其他法子。

"能，你说。"他应得斩钉截铁。

心里再次因他的话语而流入丝丝暖意，她顿时感觉有了勇气："你……是不是认识我们董事长？"

"嗯，认识。"

"那，你还记得那份超级电容的项目书吗？"

"记得。"

"你能不能帮我把它交给董事长？"

终于把这个请求说出了口，宣愉忐忑地等待着对面的回答，可电话那头却沉默下来。

是不是让他觉得为难了？宣愉心里一慌，她也知道这样的要求太过无理，就算这段时间她和大神走得很近，近到她几乎认为他们已经是朋友——

"愉愉，"凌觉在这时开了口，"之前给你发微信，其实也是为了这件事。"

咦？宣愉呆住了。

"这份企划书里有你的心血，我认为你应该亲自交给董事长。"

"啊？我？我不行的，董事长怎么会见我呢？我只是个被劝退的实习员工。"

"愉愉，我只问你，想不想继续留在秋实？"

留下来吗——宣愉心里一动，她无比珍惜这份工作，她当然舍不得放弃，可是事情演变到今天这种地步，她又岂敢有任何留下来的奢望？

不待她回答，凌觉接着说道："我知道你们董事长现在在哪儿。"

言下之意，是让她带着企划书去强面董事长？

宣愉心里打鼓："这……会不会更惹恼了他？"

凌觉忽然轻笑："还记得你第一次强闯我们专利研讨会时，胆子挺大的啊。"

她握着手机不由得一愣，是啊，那个时候被雷染君硬推到台前，她也只好在众多嫌弃的目光中硬着头皮陈述项目。她本就是这样的人，越被逼到死角，越能摒弃所有杂念而放手一搏。

宣愉豁然开朗地笑了："你说得没错，我胆子大怕什么，反正不会比现在更坏了。"

宣愉带上文件立刻从公司出发，赶往位于朝阳路的一个私人场馆。凌觉说董事长爱好散打和柔道，几乎每天忙完工作后都喜欢在馆里练几手，权当锻炼。

场馆入口正对着主干道，仅一左一右两扇木门，乍一看极不起眼；然而随着步伐的深入却会发现内里别有洞天，在穿过一条爬满藤蔓的长廊后，真正的场馆正门才出现在眼前。

引路的人员似乎惴惴不安："宣小姐，您确定跟董事长约好了吗？"

宣愉默默汗颜，约好了才怪！但嘴上只能逞强："当然确定，否则我怎么会知道他在这里呢？"

"那好吧。"老实的引路人员缓缓推开门，宣愉惭愧地吐了吐舌头，在心底为自己的谎言向他道歉。

场馆内里约有一个篮球场大小，正中区域铺设着标准的乳胶垫，而此刻正有两道身影左右腾挪、你来我往地过着招。其中一位年纪较长的，应该就是董事长。

宣愉不禁激动，刚往前迈了两步，便被侧面蹿出的一人拦了下来。

"你是谁？"拦她的人语气不太友好。

她仔细一看，眼前男子身着西服，脸上厌弃的表情一览无余。似乎……是那天跟着董事长的秘书？

"你好！秘书先生，我叫宣愉，来找董事长。"

"董事长今天没有预约客人。"秘书冷脸朝引路员发难，"谁让你放她进来的？"

引路员一脸蒙圈，宣愉急忙赔着笑脸解释："不能怪他，是我说约了董事长。秘书先生，我真的有事需要见董事长一面。"

"董事长岂是阿猫阿狗随便能见的？"秘书上下打量宣愉一番，"是你，我想起来了。怎么，对公司处罚你不满意，想来告状还是求情？"

宣愉略略心虚，想不到自己被劝退的事连董事长秘书都知道了……可是，既然她已来到这里，就断不会退缩。

她抱紧了怀中的文件，定定心神，昂起头迎上秘书似鄙视又似嘲笑的目光，不卑不亢道："很抱歉，今天我一定要见到董事长，你是拦不住我的。"

秘书嗤笑一声，左右搓了搓手腕："你这小体格，莫非还能撂倒我不成？"

秘书的话不知为何激起了宣愉的斗志，头脑里突然嗡嗡作响，四肢也莫名涌起一股力量。那一瞬间，她忽然什么也感觉不到了，只剩下一个坚定的念头：她要冲过去！

宣愉一咬牙，鼓足力量上前两步；秘书似是不料她会真的硬闯，连忙伸手来抓，却在刚触到她肩膀的一刻被她撤步闪开。他自然不甘心，紧接着反手再抓，却又被宣愉灵巧地握住了他的胳膊，借力反剪于背，然后脚步一扫，便使他重心不稳摔在地上，发出"咚"的一声闷响。

"哎哟！"

秘书吃痛地呼了一声，宣愉这才一愣，回过神来："对不起……"她也没想到情急之下居然真的把秘书先生撂倒了！

"怎么回事？"场馆中央练手的人影被刚才的动静打扰，停了下来。

秘书急忙从地上爬起来："董事长，对不起，我马上把她弄走。"

"不必。"董事长接过陪练递上的毛巾，一边擦脸一边朝宣愉走过来，"你堂堂大男人何苦为难一个小姑娘。"

宣愉呆呆地看着走到她眼前的董事长，今天的他看上去慈眉善目，跟上次怒气冲天时的样子完全不同。

老爷子笑道："小姑娘，今天找我什么事？"

她终于见到了董事长，并且他此刻正在向她问话……宣愉定定地直视着他，抿着唇犹豫了片刻，忽然后退一步弯下了腰："董事长，我想向您道歉，那天的展会您特意带合作伙伴过来，却让您看到了我们松懈的样子。我真的很抱歉！"

"嗯，知错能改，不错。"董事长竟然轻易就接受了她的道歉，又让她错愕了一瞬。只是，她虽知错，却不知是否还能有改正的机会。

"没别的事的话，我让秘书送你回去。"

"啊！不，其实我还有一件事。"她赶紧捡起来刚才跟秘书纠缠而掉在地上的文件，恭敬地递出，"董事长，这是我之前收到的一份项目企划书，我认为值得公司关注，它一定会带来巨大的商业价值。"

董事长接过，看了一眼封面："超级电容？嗯，是个趋势。"他似乎有一丝兴趣，于是打开一页一页翻过。每翻一页，宣愉都觉得心脏几乎快要从嗓子眼跳出来。

"后边的案例，是你收集和分析的？"

"是的……我知道我经验不足，见解难免浅薄，但我会努力的。"

董事长却赞赏道："别紧张，我觉得你分析得不错。"

这是在夸奖她？真的吗？宣愉一时不敢相信，然而眼角眉梢已悄悄挂上掩藏不住的欣喜。

"这个项目我批准了，但有一个条件。"董事长含笑望着她，"我要求由你亲自负责。"

"我？"她惊讶得下巴都快掉了，还担心自己是不是哪里理解错了，"您是说，让我代表秋实来负责这个项目？"

"没错。"得到的是董事长鼓励的眼光和肯定的回答。

"可是……人力现在劝我离职……我可以不离开吗？"宣愉握紧双手，眼里神采焕发。

董事长闻言意味深长地瞥了秘书一眼："我从来没说过要你离职。"

秘书冷汗涔涔："一定是下面擅自揣测理解错了，我马上给人事部打电话。"说完便急匆匆离开了场馆。

一股超乎想象的喜悦感油然而生，宣愉脸上绽放出一个大大的笑容，连连向董事长道谢。

董事长呵呵笑道："刚才看小姑娘身手了得，要不陪我过两招？"

她急忙摇头："刚刚只是情急，其实我什么都不会。"

"哦？可是见你借力撂倒我秘书的那招，像是练过。"

"啊，我姐姐从小就练跆拳道，她是个高手，或许我耳濡目染受了她的影响吧，呵呵。"

董事长微笑着点了点头。作为一个资深的散打爱好者，他看得出宣愉的动作必然是经过专业训练的。但既然小姑娘不愿显露，他也无谓去为难她。

5.联系不上凌觉她真的坐立难安

强面董事长带来的收获远比宣愉一开始所期望的还要好上太多。

秋实不只让她全权负责超级电容的项目，还明确向她发出了offer：等她毕业便可以正式入职。

宣愉在欢呼雀跃的同时不忘与凌觉分享她的喜悦，可是发了好几条微信都无人回复，再打电话却只有冷冰冰的关机提醒。

他去哪里了？

直到晚上11点仍旧没有凌觉的消息，她在床上翻来覆去地睡不着，想了又想，终于灵光一闪！她不是有他的跟班，那个谁，许晨一的电话嘛！可是，大晚上的，打别人的电话找他，会不会很奇怪？又可是……再联系不上凌觉她真的坐立不安哪！

天人交战了好一阵，宣愉的理智最终还是败下阵来，屈服于心。她忐忑地拨出了许晨一的号码，响了好几声才传来对方疲惫的应答："谁啊？"

呃，听起来像是睡觉了？

"那个，不好意思，打扰你了，我是宣愉。"

"宣愉？"对方似乎打起了一点儿精神，"你是不是找凌大？"

汗，这么容易被拆穿吗？她心虚道："是啊，这两天联系不上他。"

"凌大在实验室呢，里边不能开手机，我正好在实验室外打盹儿。"

"啊？都11点了还在做实验？"

许晨一深深打了个呵欠："是啊，他已经连续几天没怎么休息了。他也真是的，就算想在毕业论文里展示一个完美的实验过程，那也不用这么拼啊，现在才3月，又不会马上毕业，真不知道他在赶什么时间。"

听见许晨一的话，宣愉心里忽地一沉，涌上一种难以言说的滋味。

一直以来她似乎都忽略了，凌觉比她大一级，在不久后的6月就将从学校毕业。毕业以后他会去哪里？她还能时常见到他吗？为什么从来没听他说过毕业以后的去向？反倒是自己，总是叽叽喳喳地对他讲秋实东秋实西。

"对了。"许晨一想起来，"毕业前凌大的学院会专门为他办一场毕业晚宴，你如果能来的话他一定会开心的。"

"好，我一定去。"她如是承诺。

"啊，我也得进实验室了，我会转告凌大你在找他。"

"不用不用，还是实验重要，我也没什么事，你别跟他说了，等实验完成让他好好睡觉。"她絮絮叨叨说了一通，完全没有意识到自己的语气是多么——

"嘿嘿，我懂我懂。"许晨一洞穿一切。

在公司同事的鼎力协助下，秋实很快发布了将投资一项新型超级电容技术的消息，并在市场上投放了许多关于超级电容未来应用场景的畅想型广告。没过多久，各大投资公司闻风而动，纷纷看好，有意注资秋实赌一把明天。不管商业化价值如何，超级电容项目在初期就已经为秋实赚足了名声和眼球。

公司大会上各位董事皆对该项目提出表扬，更表示没有想到一个年纪轻轻的实习生居然拥有如此独到的眼光和过人的胆识。

每年4月是秋实公司庆月，据说也是公司高管集体休年假的一段时间。而今年秋实业绩不错，董事长特批一笔资金邀请各位董事赴三亚休闲旅游。然而，同事最羡慕的是，董事长这次居然点名请宣愉同去。

邓姐即使年纪已过40，还是忍不住花痴地拉住宣愉念叨："天哪，你简直太幸运了！"

可宣愉不太理解："不就是旅游一趟吗？不至于吧……"

"你根本什么都不知道！咱们公司的董事，你有见过谁吗？"

"没有。"她答道，脑海里不禁浮现出刚来公司那天，人事告诉她，她是由一位董事推荐而来。不知这次能不能见到他？

"我跟你说。"邓姐凑得近了些，"咱们秋实的主要资本来源是由一些做实业的老板投的，而老板们通常不会亲自出面，都是指派他们的晚辈出任董事，你懂了吗？"

邓姐挤眉弄眼了半天，却见宣愉仍是一副傻傻呆呆的样子，只好恨铁不成钢地白了她一眼："那帮董事个个都是公子哥，富家子弟，钻石王老五！你懂了没？"

宣愉石化了……她可不是去找男朋友的！她明明是一个追求事业进步的职场女子啊！

无论如何，能得到董事长的这番优待，宣愉还是怀着感激的心情踏上了这趟旅程。

唯一的遗憾是，直到飞机起飞广播响起，她依然没有收到来自凌觉的只言片语。

"公司奖励我去三亚旅行耶，希望我回来时你的实验已经大功告成。"她发出这条信息后按下了关机键，带着一份美好的期待托腮看向窗外。

机舱外，白云蓝天，广阔无垠。

第四章 突如其来

1.她突然有点儿泄气，这一切或许本不该属于她

历经四小时飞行，飞机平安抵达三亚凤凰国际机场。宣愉迅速拎起行李站在过道上排队，其他董事都在头等舱，她可不想成为所有人等待的那个。

气喘吁吁地随人流走到出口处，她还是慢人一步。两名接机的私导已经在清点人数，其中一名问道："怎么少了两个人？"

宣愉连忙举着手跑过去："我在这里！"

私导点了点头，又道："还少一个呢？"

队伍中某位董事答道："还有一个有点儿事没忙完，明早自己飞过来。"

"知道了，请把他的航班号给我，明天上午我再过来接机。"私导与那位董事交换了信息后，组织大家登上了门口的豪华考斯特。

宣愉认真观察了这几位将要与她共处五天的同伴：四位男士、两位女士，看起来都不过二十几岁年纪，穿着打扮与言谈举止都十分得体。有人对她冷淡，有人朝她微笑，但没有任何一个人因为等了她一会儿而露出不耐烦的神色。

他们看上去都很nice（友善）呢。宣愉放心地想。

私导将大家带至亚龙湾一间私人别墅里并分配了客房，还介绍了别墅后那片无人的私家海滩。

休息一夜。第二天上午，宣愉在一个名叫Jenny的女孩的邀请下，去花园里和大家一起喝早茶。董事们都算她的上级，她认为自己理所应当为他们多多服务；可每当她想做什么，Jenny或其他人都会立即阻止她，转而叫来服务员。

"宣小姐是尊贵的客人，我们受人之托，一定要照顾好你的。"说这话的是另外一位董事，宣愉听其他人叫他关昀。

Jenny也友好地笑道："是啊，你只需要好好玩，有任何事都交给服务人员吧。"

宣愉咂舌，她还真不太习惯事事都由别人代劳的感觉。此外，他们所谓的"尊贵的客人""受人之托"什么的，应该是指董事长吧？董事长一定是怕自己和董事们在一起局促，他想得真周到。

宣愉心里对董事长的好感又悄悄成长了三颗星。

一顿早茶在闲谈中竟然一直持续到了中午。午餐过后，大家商议要一起乘游艇出海。亚龙湾今日风平浪静，正是出海游玩的好时机。

"宣小姐，跟我们一起去吧。"关昀和Jenny都发出邀请。

宣愉有些为难——她特别喜欢大海，特别愿意跟大家一块去玩，可是她该怎么解释——她晕船这种事啊……

"宣小姐？"关昀再次询问道。

拒绝的话，似乎挺扫兴的。宣愉做了一番心理建设，正准备硬着头皮答应时——

"我们有别的节目,你们去玩吧。"

背后意外传来一道熟悉的、浑厚的嗓音,一字一句重重敲击在她心上。

她惊喜地回过头去,凌觉挺拔的身影明白无误地映入眼里。

他怎么会出现在这儿?真不可思议……

凌觉淡定地朝宣愉一笑,一旁的关昀如蒙大赦一般,丢下一句"人我圆满地交接给你了",就拉着Jenny一溜烟跑了。

宣愉这时候才进入蒙圈状态,看着凌觉熟练地把行李交给别墅服务人员,又熟练地从玄关鞋柜里拿出拖鞋换上,再熟练地穿过客厅走到她身边的沙发上坐下。

他脸上挂着淡淡的柔和的笑意,可眼底的疲惫却清晰可见。

宣愉不出声地瞪着他,心里堵着太多疑问,有的明确,有的模糊,像一团乱麻似的。这样乱糟糟的情绪她也不知该如何表达,只好继续无声地瞪着他,跟赌气一般。

凌觉很快就败下阵来,举手投降:"看在我大清早赶飞机过来的分上,能不能让我喘口气?"

"好啊,那你抓紧时间喘。"

他笑:"你现在一点儿也不怕我了。"

一句话又让她面颊微热:"既然你知道我不怕你,还不赶紧老实交代。"宣愉眼珠滴溜一转,灵光一现,"你也是秋实的董事吧?HR(人力资源)说的推荐我实习的董事,该不会就是你吧?"

凌觉含笑望着她,并不否认。

"还有啊,我早就想问你了,我们董事长,根本不是你的导师吧?"上次去朝阳路的私人场馆见完董事长之后,听引路人员提到"凌老爷子",当时她没太在意,现在想起来——

难怪凌觉知道董事长的爱好，难怪董事长愿意给她机会，还有这一次的旅行……她突然有点儿泄气，又有点儿不安，这一切或许本不该属于她。

"他是我爸爸。"凌觉似乎一眼看穿她的心思，"但他更是个生意人，如果超级电容这个项目不好，他是绝对不会投资的。"

"真的？"

"我唯一帮你的地方，就是请他见你一面，别的什么也没说。我对你有绝对的信心，难道你自己没有？"

她望着他，他神情认真，绝非作假。

宣愉乐滋滋地笑了，凌觉说一句相信她，立刻就能让她精神百倍。因为他可是大神啊！大神的话又岂会错？

"走，我带你出海玩儿。"凌觉站起来，朝客厅的服务人员一招手，"让管家来一趟。"

"出海？"宣愉眼神一亮，可随即又黯淡下去，她只要一想到海浪的颠簸就觉得头痛不已。

"我知道你晕船，我们不坐船。"

"啊？不坐船怎么出海？"

"跟我来就知道了。"凌觉居然神神秘秘地卖关子。

2.飞机回返至一半距离时，海面突然出现一个漩涡

管家是一位年逾五旬的大叔，凌觉上前去同他低语了几句，他便回应了一个OK（好的）的手势，随后领他们从花园离开。

花园直通别墅后的私人海滩，宽阔的海岸线有一半呈现两个内凹的U形，形成两个得天独厚的可供停泊的港湾。其中一个港湾此刻空着，之前应该是停着大家乘坐的游艇。而另一个——宣愉眼睛闪闪发光，她还是第一次见到如此酷炫的水上飞机！

管家向她介绍道:"这架飞机是凌老爷子从美国买来的,个头儿适中,能在海里起降,单次飞行距离在200公里左右。"

宣愉听得连连称赞。

她和凌觉登上飞机,管家坐进了驾驶舱,一边启动一边自豪地说道:"这栋别墅里只有我有驾照,坐稳了啊。"

宣愉赶紧系上安全带。管家发动飞机,机翼两侧和尾翼上的一排排螺旋桨轰隆轰隆旋转起来,速度越来越快,推着机身缓缓向前滑行。管家拉下飞机油门,机身前行速度越来越快,渐渐地,在风的拥托下离开了水面,徐徐抬高。

真的飞起来了!

宣愉透过机舱玻璃往外看,他们已经离开海滩一段距离,底下是浩瀚碧蓝的海水。她看见海浪一层一层温柔地推向岸边,水花飞溅;看见不知名的海鸟成群结队掠过水面,拖出一道道亮丽的水尾。

"你看,好漂亮!"她欣喜得忘乎所以。

"待会儿还有更漂亮的地方。"

"我们这是去哪儿?"

"以前跟管家一起出海时曾发现一座能停靠的礁石,我带你去观赏礁石附近的鱼群。"

哇哦,只是听他淡淡道来,她已经觉得心旷神怡。

管家回头,八卦地插话道:"凌少爷还从来没带别人去过呢!"

"好好开你的飞机。"凌觉微微尴尬。

宣愉歪着头看他:"大神,你究竟还有多少事是我不知道的啊?"

她原本只是感叹,不料他居然真的认真思考起来,还借助手指不知算了些什么,然后才徐徐道:"估计还有70%吧。"说完,他自己低低笑了起来:"放心吧,以后慢慢都告诉你。"

他的话从耳朵钻进宣愉的心里，掀起一阵酥酥痒痒的麻，如同过电一般。

都告诉她——他的意思是，他的一切，都愿意让她了解？

为什么？

宣愉定定盯着凌觉的脸，疑问在心底转了又转，几乎脱口而出——

"怎么回事？突然变天了。"驾驶舱里传来管家惊慌的一句。

宣愉连忙朝外看，只见之前还碧蓝如洗的天空，顷刻间已乌云密布。似乎一阵狂风刮过，机身也剧烈地抖动起来。

凌觉当机立断："我们回去！"

管家开始掉头回返。

"啊！"机身再次震动，宣愉握紧拳头身体僵直，水上飞机的抗震能力不比民航大型飞机，抖动的幅度远远超出了一般人能承受的范围。

凌觉解开安全带，起身坐到了宣愉旁边，不再迟疑地搂过她，把她紧紧圈在自己怀里。

"别怕。"他轻声安抚。

宣愉顿时呆若木鸡……

她感觉到他隔着衣服的体温，感觉到他强有力的臂膀，感觉到他稳健结实的心跳。

扑通……扑通……

啊啊啊啊啊啊，他能稳得住，可她不行啊！

宣愉既害怕又紧张，干脆闭上眼，暂时不去管"这样是不是不太好"这种白痴问题。

何况被他抱住的感觉，她一点儿也不讨厌，只觉得安心和踏实。

就这样一直返回海滩的话，似乎也挺不错。

她在飞机的颠簸中，不合时宜地弯起了嘴角。

只是天威难测——

返回途中，天气异常程度远比想象中激烈。飞机回返至一半距离时，海面突然出现一个漩涡！

"是龙卷风！"管家哀道，"我们躲不开了！"

宣愉的心猛然提到嗓子眼。

凌觉观察着窗外，沉声指挥："往左打翼！"

"不行啊，风过来的速度太快！"

"你听我的！"凌觉笃定地说。

无奈之下，管家只好操控飞机尽全力左转，龙卷风越来越近，能不能避过这场灾难似乎全凭上天垂怜。

"愉愉，"凌觉握住她的手，让手指紧紧交握，"答应我，无论如何不要放开。"

宣愉明白他们遇到了大麻烦，但对接下来会发生什么一无所知，只是本能地相信着凌觉。她用力地一遍遍点着头，手上也加重力气回握上去。

龙卷风从窗外快速经过他们的视线，紧接着，飞机右侧的机翼被擦过，机身刹那间被无情掀翻，失去平衡急剧下坠。

"拉起机头！打开机舱门！快！"

失重的感觉让宣愉惊恐不已，她的眼睛什么也看不见了，她的耳朵什么也听不见了，她犹如失去了五感，茫茫天地间只余一片深深的黑暗。

身体带着灵魂坠落，坠落，如同要跌入万丈深渊。

仅仅几秒钟后，她听见震耳欲聋的一声巨响，巨大的冲击力让加速度瞬间归零，一切静止下来。她的世界，仿佛也就此终结。

海面上,一架飞机跌落下来。虽然在最后关头机身被拉起而缓冲了大部分力道,但最终飞机仍旧失去掌控坠落水中,然后开始缓缓下沉。

不多久,海面上冒出两个头。一个是凌觉,一个是管家。

凌觉四下探看,没有见到宣愉。他的手心里,并没有握着她的手。飞机触海的一瞬间,过大的冲击力还是将他们冲散了。

"愉愉!"他大惊失色,呼唤她的声音中有着显而易见的惊惶。

怎么办?他弄丢她了。他居然弄丢她了。她如果不会游泳该怎么办?她会不会出事?

他无法原谅自己!

"愉愉!"

"愉愉!"

一声一声,凄痛哀绝。

一块破碎的舷窗忽然从海里浮了出来,上面似乎趴着一个人。管家率先发现了,急忙拉扯凌觉:"凌少爷,你看那里!"

凌觉顺着他的指示看去,眼中陡然重燃希望。他急迫地游到舷窗旁边,把趴着的女孩翻了过来。

真的是她!

宣愉闭着双眼,似乎昏迷了过去。

一半是失去的恐惧,一半是复得的狂喜,截然相反的情绪几乎要将他的身体撕裂;可它们又是如此融合统一,不可分离,只因所有情绪皆起于一人。

他战战兢兢地探了探她的呼吸和心跳,所幸,应无大碍。

"愉愉……"凌觉轻声呼唤,哽咽难当。

她还活着,真好。

3. 怎么回事，她好像……不记得了？

很快，他们被路过的游船所救。

劫后余生的三人回到别墅，宣愉依然在沉睡，医生说她惊恐过度体力透支，需要好好休息一段时间。

几天以来，凌觉几乎是寸步不离地守在宣愉床前，差一点儿就失去她的恐惧感一直盘桓在身体里，他必须不眠不休地看着她，一遍遍确认她还存在，心里才能好受一些。

医生再次来做检查时，凌觉再也按捺不住："已经第四天了，她为什么还不醒？"

"她生命体征全都已经恢复正常……照理说，早就应该醒了。"医生其实也拿不太准，这世上有太多医学无法解释的事情，他也只能按照现有的知识体系判断。

凌觉心痛难忍，直觉告诉他，宣愉或许是生他的气了，所以才不愿醒来见到他。

事实上，他也生自己的气，都是因为他，才会让她遭遇这样的危险。只要她能醒来，要打要骂他都甘之如饴。

"愉愉，"他坐在床边，满眼痛惜，"你是不是知道，比起打我骂我，你一动不动躺在这儿才是对我最大的惩罚？"

似乎是因为他的锥心之语，突然之间，宣愉的手指动了动。

握着她手的凌觉立即就发现了，他起初不敢相信，但很快，他瞧见她的眼珠也动了，下一刻，双眼缓缓睁开。

一开始，她的眼神涣散，毫无焦点，然而当凌觉把脸凑到她眼前时，四散的眼神竟徐徐收回，瞳孔也微微缩小，最终定格在他的脸上。

"凌……觉……"她轻轻唤他，声音沙哑。

凌觉欣喜若狂："愉愉！你怎么样？还好吗？"

"怎么回事……"她试着动了动,似乎觉得全身无力,"我好像睡太久了?"

"没关系的,没关系的,你有些累,所以休息得久了些。"他几乎要语无伦次了。

"呃,你不是说要带我出海去玩吗?怎么也不早点儿叫醒我?"

凌觉愣住。

宣愉又道:"现在几点啦?这会儿出去还来得及吗?"

凌觉望着她的脸,一时默然。

怎么回事?她好像……不记得了?

"愉愉,你还记得睡觉之前发生的事吗?"

"记得啊,你突然出现在别墅,吓了我一大跳呢。你说要带我出海,可我觉得困,就先睡了会儿,谁知道一觉睡到现在啊。"她深深呼了一口气,又摸了摸肚子,"好饿啊。"

凌觉听她说饿,连忙吩咐管家准备晚餐。又将宣愉的情形告知医生,医生说或许是事故对她的冲击太大,所以造成这段记忆短暂缺失,只要调养一段时间就会恢复,并无大碍。

他也只好暂且放下心来。何况这场事故并不是什么美好的回忆,倘若她真的忘了也并非坏事。

休假时间结束,其他董事都乘当日的航班飞回了北京;而由于宣愉身体的原因,凌觉要求她在三亚别墅多停留几天。

当然,他也留了下来。直到宣愉确已康复,才决定带她返京。

临行前最后一晚,凌觉邀请宣愉去海边一家现捕现做的餐厅吃海鲜。她兴奋不已,要知道,海鲜在她的爱好中可是排得上前三的。

这是一家露天海滩餐厅,餐桌旁竖立着用于照明的花灯,餐桌上还放着银色的五角烛台,暖黄烛光轻微摇曳,整个氛围神秘而浪漫。

头盘上的是龙虾刺身。

"又让大神破费了啊!"宣愉有点儿不好意思,可是这点儿不好意思完全挡不住美食的诱惑,她率先夹起一片放进嘴里,那鲜美的滋味简直叫人满足。

凌觉被她陶醉的样子逗笑了:"你似乎对吃的很感兴趣?"

"是啊是啊。"她一边点头一边又吃下一片,"唯美食与美人不可辜负。"

"嗯。"他含混不清地吐出一个玩味的字符,也不动筷子,就那么盯着她。

她总觉得,他的眸光熠熠生辉,似乎再多看一眼就会立即被点燃。

她根本不敢迎接他的目光,只好低头继续吃,顺带用吐槽掩饰心里的波澜起伏:"其实啊,是因为我跟姐姐小时候不太能吃得饱,所以现在一看到好吃的就忍不住。"

她无心的一句话,凌觉却像听进了心里,眉头微微皱起,沉吟片刻后道:"愉愉,能跟我讲讲你以前的事吗?"

"啊?"

"我们认识之前的事。"

"以前啊……"宣愉心里忽然乱糟糟的,"你是说,高中?"

"不,更早之前,不如,从你小时候开始讲。"

小时候?从她有记忆开始,便和姐姐生活在孤儿院,不知亲生父母是谁,后来被养父母带去美国,直到高中才回到祖国。

他竟然想了解她的一切?

她的童年还从未对任何人提起过,当初连季远枫都并不了解。季远枫也并非没问过她,然而她无法解释的是,为何每次想开口讲述童年,喉咙都会失声。

是的,她讲不出来。即使那段岁月清晰地印在脑海,即使她曾经也想要向季远枫坦白,可她发不出声音,一个字也说不出来。

"我……"

凌觉看向她的眼神染上一丝疑问。

她张了张口,试图说些什么,可一切的解释似乎都苍白无力。他只会认为她不愿意告诉他不是吗?

"哟,这不是小觉吗?"

突然插入的声音拯救了宣愉。她抬眼一看,一个年约三十岁的青年男子走了过来,凌觉站起来自然而然地跟他握了握手,就好像十分亲密的朋友。

"徐大哥,好久不见。"

"是啊,上次回国还是两年前,没想到今天在这里碰见你。"被称作徐大哥的人朝宣愉看过来,"这位是?"

"她是宣愉。"凌觉大方介绍。

"哦?第一次见你跟女孩子在一块儿。"男子上下打量着宣愉,目光如炬。宣愉忽然觉得全身每一个毛孔都在紧张,怎么回事?明明第一次见到这个人,为什么会让她产生一种想逃跑的冲动?

"宣小姐,你好。"

男子竟然朝宣愉伸出了手,她浑身一个激灵,十分抗拒与他接触,然而他毕竟是凌觉的朋友,太过失礼总是不好。

宣愉强忍着心里的不适,勉强伸出手与他一握,然后迅速弹开。整个握手的过程她甚至一眼也没有看过他。

男子露出些许疑惑的表情,又仔细端详宣愉半晌,对凌觉说:"小觉,你跟我来一下。"

凌觉似乎也看出了两个人的不对劲:"怎么了?"

"没事,我那桌有个朋友想介绍给你认识。"

男子如是说，凌觉也无法拒绝，只好朝宣愉道："我去去就回。"

她抱着双臂坐在椅子上，先前的好胃口统统消失不见。

真的好奇怪，她为何会从凌觉的朋友身上嗅到如此危险的气息？

所幸，凌觉很快就回来了，没有再给她胡思乱想的机会。

可他都跟凌觉说什么了？她直觉认为，不会跟她毫无关系。

"徐大哥把他一个在北京发展的朋友介绍给我。"他主动解释，似乎也是看出了她的担心，"真的，你相信我。"

剩余的菜肴，宣愉味同嚼蜡。

4.主动告白？她宣愉从来没有做过这种事情啊喂！

回到北京已是5月，凌觉的毕业宴会就安排在5月下旬。而宣愉在秋实的项目前期工作已告一段落，便向公司请假回校复习，准备不久之后的期末考试。

自习教室里，宣愉坐在课桌前，书本平摊在桌面上，可她看着看着便双手托腮走起神来，还不自觉地叹了口气。

郭墨在一旁戳了戳她的手臂，八卦地问道："咋啦咋啦，是不是很久没见到大神甚感失落啊？"

呃——

"绝对不是！"

宣愉自以为恶狠狠地回瞪了郭墨一眼，郭墨却越发花枝乱颤地笑了起来："瞧你那眼含秋水面带桃花的样子，说不是想他谁信哪！"

宣愉抛给她一个鄙视的白眼，拒绝搭理她，可郭墨却自说自话起来："你也得理解啊，凌大最近在忙一项专利申请的事，连央视新闻都报道了！他这项技术不仅能在中国注册，也能同时在美国和欧盟注册，连Nature（《自然》）杂志都刊登了他的论文，这得多牛啊！咱们学校的好些教授一辈子都没有得到过Nature的承认。"

郭墨说起凌觉来依旧是一副毫不掩饰的垂涎三尺的样子:"这是为国争光啊！愉愉，你一定要支持他。俗话说得好，耐得住寂寞才能享得了长远。"

晕，这都哪儿跟哪儿啊……宣愉无奈扶额。

"宣愉学姐。"忽然身后的座位上有人叫她，她回过头去，只见一个皮肤白净的男生腼腆地把一个素淡雅致的信封递到她跟前。

"这是……"她一时还没搞清状况。

"我是计算机学院大二的……"

"去去去，小屁孩儿。"郭墨粗暴直接地打断他，"你宣愉学姐已经名花有主了，情书你还是收回去吧。"

啥？情书？宣愉蒙圈地看着男孩手里的信封。

男孩脸上浮起一抹奇异的红晕，还不肯放弃："我们可以公平竞争。"

郭墨斜着眼鄙视他："小屁孩儿，知道你学姐的男朋友是谁吗？"

"谁？"

"凌大。"

……

"不好意思，打扰学姐学习了。"男孩迅速收起信封，从教室后门一溜烟遁走了。大神的名字未免也太好使了……

人都走了，郭墨还不忘补刀："这年头还写情书，幼不幼稚！"

"喂，凌觉什么时候成我男朋友了？"宣愉不满郭墨的虚假广告。

"啧啧啧，全校同学都叫他凌大，只有你直呼其名，还叫得那么自然。还有啊，你每天微信上大神的名字都飘在前几位，我又不瞎不声。"郭墨振振有词。

宣愉脸上一热:"话是这么说,可是……"

其实,她还不能确认。凌觉确实对她很好,哪怕这段时间忙得天昏地暗也不忘每天抽空给她打电话发消息。

然而……

"该不会,大神还没有对你表白?"郭墨灵机一动,get到了问题的关键。

宣愉羞涩捂脸。的确,他从来都没有明确地表示过什么,因此她也不知道究竟该如何定义两个人的关系。

郭墨试着分析:"也许大神的脑回路与常人不同?哎呀,早知如此刚才就留下那个学弟的情书给大神来点儿刺激!又或者,实在不行你主动告白就好了。"

主动告白?她宣愉从来没有做过这种事情啊!

郭墨拿出一副打铁要趁热的表情来:"我记得凌大的毕业晚宴就快到了。"

"是啊,就在这周五晚上。"

"Bingo!就这么办,周五你穿得漂漂亮亮地去,然后趁势表白。"

宣愉被郭墨的情绪感染,不由自主地开始思考起这件事的可能性。

"对了,我陪你去买新衣服吧,你现在有的要么是T恤、裤子,要么是职业装,根本没有一件像样的晚装。"

"好啊,等我看完这本题册……"

话音未落,桌上的书被郭墨一把夺走塞进包里:"走走走,现在就去,书有什么好看的,当然是凌大比较重要!"

说着不由分说拉起宣愉就离开了教室,直奔学校外不远处的一家商场。

两个女孩在商场的女装楼层逛得不亦乐乎，宣愉试了好几条裙子，都觉得不错，反而难以抉择。

在一旁当参谋的郭墨啧啧赞叹道："不跟你住一个宿舍都没发现，原来你身材这么好，瞧这胸，这腰身，这屁股，这腿，不当模特真有点儿可惜呢。"

宣愉有点儿不好意思地看着镜中的自己，身上试穿的这条裙子是包胸设计，高腰长摆，贴身剪裁，确实完美地衬托出了她的曲线。

只是价格嘛——四位数字的价格似乎不太适合大学生的消费能力吧……

"你想想啊，凌大要是看见你穿这条裙子，一定兽性大……哦不，是惊喜万分！"

"小墨，你已经暴露了……"

就在宣愉纠结时，一道熟悉的身影来到她身边。

"小愉？"

她回头一看，原来是雷染君。

"雷学姐，好久不见。"

"是啊，好久不见，你也不再来我的项目组了。"雷染君热切地拉起宣愉的手。

她所说的项目组，当然是指季远枫运营的穿梭巴士项目组。

自从她去秋实实习后就再也没去帮过学姐的忙，一方面精力不够，另一方面自然是因为季远枫……

说来也奇怪，到了如今再想起季远枫，她的心态已趋近平和，再没有了以前的那种心酸落寞。

"那个项目还好吗？"

"嗯，挺顺利的，所有资金都已到位，大巴的订单也已发出，预计下学期开学就能投入运营。"雷染君谈起项目来依然流露着自豪，"对了，听说你去了秋实实习？"

"是的，已经好几个月了。"

"……是因为他？"

雷学姐多少也应该听说过季远枫的女朋友以前正是在秋实工作，因此才会有此一问吧。

宣愉也不打算隐瞒，她点头道："一开始，是，但现在，不是。"

雷染君微微愣了愣，或许也是从宣愉平静的神情中看出了什么："你和季远枫……真的不能在一起了吗？"

"学姐……你为什么这么问呢？我跟他早结束了不是吗？"

"可他已经跟那个所谓的女朋友分手了。"

宣愉闻言呆了呆，仿佛害怕自己听错："你说什么？"

"他们分手了，你不知道吗？"

"不知道……"

那天在街上遇见时，他们不是好好的吗？季远枫还为了钟然婕的安危质问了自己。为什么——

"究竟发生什么事了？"

雷染君叹道："具体发生了什么我也不清楚，我以为他会告诉你。"

宣愉僵在原地，这件事她竟然一点儿也不知道。自从钟然婕从秋实离职，她连这一丁点儿间接得知季远枫消息的渠道也没有了。

沉默片刻后，宣愉深吸一口气，平心静气道："或许他们之间有什么误会。无论如何，从他当初选择跟我分手的那一刻起，我们就已经结束了。之前是我看不开，而现在，我已经放下了。"

"可是……"

雷染君还想说什么，郭墨却突然从一旁插过来："愉愉，就买这条裙子吧，到时一定艳压群芳！"

雷染君这才认真打量了宣愉一番："在买衣服？"

不待宣愉开口，郭墨便接话道："是啊，打算在凌大的毕业宴会上穿。"

"凌大？你是说，我们学校物理学院的凌觉？"雷染君不禁讶异，她并不知道小愉什么时候结识了学校里的风云人物。

"是呀，就是他哟，所以说，有凌大在，其他人根本没戏哟。"

雷染君总算听出郭墨的弦外之音，皱了皱眉道："小愉的事，你又知道多少？我跟小愉高中就在一个学校。"

郭墨不服气："喊，过去的事谁想知道，我只要知道愉愉现在的事和以后的事就足够了。"

"你……"

"好了，小墨，别闹了。"宣愉急忙制止住郭墨，又向雷染君恳切地道，"学姐，我和远枫……真的不可能了。"

"既然如此，希望你将来不要后悔。"雷染君面上露出一抹哀惋的神色，她点了点头，便迈步离开，可刚走两步又停下回过头来，"对了，这条裙子很配你，千万不要再错过了。"

5. "季远枫没有对不起你，他一直深爱着你"。

一转眼，到了凌觉毕业宴会的当天。

许晨一头天晚上就给宣愉打了确认电话，叮嘱她一定不要忘了。

"凌大前两天还在美国，差一点儿回不来，可他听说宴会你会参加，硬是推掉了美国所有的事赶了回来，这会儿还在飞机上呢！宣学妹你明晚可一定要来啊！"

"放心吧放心吧。"宣愉心里暖洋洋的。事实上除了准备晚宴要穿的裙子,她还单独买了一份礼物打算送给他,相信这份礼物足以表明自己的心意。

今晚就能见到他了啊……不知当他看见自己、收到自己的礼物时会是什么表情呢?

她在脑海中编织着美好的场景,居然傻乎乎地笑出了声。

下午5点,宣愉换上了漂亮的裙子,在脸蛋上稍稍扑了点儿散粉来提亮,然后涂上樱色唇彩。镜子里的这张脸白净无瑕、神采飞扬,她在心里为自己打气道:"宣愉,稳住!"

拿起小手包正要出门时,包里的手机突然噼里啪啦地振动起来。拿起一看——

来电名字,赫然是钟然婕。

她刚到秋实实习时,导入了全公司员工的电话本。可钟然婕还是第一次给她打电话。

她找自己会有什么事?宣愉脑海中不由得浮现出前几天雷染君说的那句话:他已经跟那个所谓的女朋友分手了。

钟然婕找她,会是因为季远枫吗?可是,到底要不要接呢?

就在宣愉纠结的时候,电话铃声停了下来。她松了一口气,准备不再去管,换上搭配裙子的小高跟鞋,伸手拉开家门。

"宣愉!宣愉你给我出来!"

楼道里,传来一声声声嘶力竭的呼喊。一开始声音好像在一楼,渐渐地顺着楼梯往上,朝宣愉所在的楼层接近。

"宣愉你出来!否则我就一间间敲门找你!"

紧接着,楼下真的传来砰砰砰的敲门声。

"出来,我知道你在!"

又换了一扇门敲。

"出来!"

很快,楼里在家的邻居都纷纷打开了门,抱怨道:"搞什么啊?你有病吧?"

"我找宣愉!宣愉在哪儿?宣愉你给我出来!"

钟然婕的疯狂让宣愉惊愕,她这是怎么了?究竟发生了什么事才会让她这样神经质地来找自己麻烦?

但不管怎样,宣愉不能让她影响到邻居,于是急忙关门下楼,朝声音传来的楼层小跑过去。

下了两层楼就看到了钟然婕。她头发凌乱,脸上毫无血色,似乎还挂着几道泪痕。

"我在这里。"

钟然婕听见宣愉的声音猛地回头,总算不再骚扰邻居。她疾步走到宣愉跟前握住她的双臂猛烈摇晃了几下:"你,你终于来了,走,跟我走。"

无头无脑的一句话更是让宣愉疑惑,她尽力安抚道:"你别着急,告诉我究竟发生什么事了。"

钟然婕愣了愣,原本空洞而干涸的眼里居然又怔怔蓄上了泪水。她也顾不上去擦:"宣愉,你一定要帮我!"顿了顿又道:"不,不是帮我,是帮远枫。"

季远枫?他怎么了……宣愉的心没来由地漏跳一拍。

"都是我不好,都怪我,远枫才会被警察带走。"两行泪水终究还是滑落下来,钟然婕捂住脸,无助地哭泣。

宣愉的心也慌乱起来,但她知道越是这个时候自己越是不能慌。她努力沉住气,引导钟然婕说出事情缘由。

"你说警察带走远枫,是远枫做了什么吗?"

钟然婕拼命摇头:"没有没有,远枫怎么会做违法的事,这其中一定有什么误会!"

"那你为什么说都怪你？"

"我……几个月之前，曾经有警察问过我有没有在那天晚上11点左右，在实验楼附近见过什么人。当时我回答说没有。可是昨天，我跟远枫吵架，我气急了，威胁他要把那晚见过他的事告诉警察。我……我只是太生气了，才会一怒之下跑到公安局……我没想到会这样……我好后悔……"说到这里，钟然婕已泣不成声。

宣愉心里咯噔一沉，"晚上11点""实验楼"，这两个关键词让她迅速想起了校花李元婧的坠楼事件。

"那一晚，你究竟有没有在实验楼见过季远枫？"

钟然婕深吸气调节着呼吸："那晚我在学校开穿梭巴士的项目会议到很晚，后来是跟远枫一起离开的，我们在实验楼前面的岔路分手，看他背影确实是往实验楼去了。可是，这并不代表远枫就做了什么不是吗？"

"那他被带进公安局后，都说了些什么？"

"他什么都不肯说，丝毫不为自己辩解，连我为他请的律师也被他赶了出来。"

宣愉的心又沉重了几分。什么都不说，是不是算默认了跟李元婧坠楼有关？

钟然婕见宣愉沉默，又着急起来："宣愉，你相信我，远枫绝对不会对李元婧做什么的，你帮我去劝劝他，劝他说出那晚发生的事，我求你了！"

原来这就是她来找自己的目的。只是，既然远枫选择了缄口不言，钟然婕又凭什么认为他会听自己这个前女友的话呢？

"宣愉，我知道我对不起你，之前展会的事，确实是我故意害你的。但远枫他没有对不起你，他一直深爱着你！"

她说……爱？

宣愉犹如被闪电劈中，耳畔忽然嗡嗡作响，不明白自己听见了什么。

"远枫自打跟我交往以来，就一直显得心事重重，我根本不了解他在想什么。我原本以为他就是这么个人，以为他对谁都这样无波无澜，可是，在你来秋实实习没几天时，有一天早上我看见他把你拉进了公司旁边的巷子里。虽然看起来他好像在生你的气，可他对你流露出的情绪却是对我从来没有过的。"

"我当时想，只要他能因为我而有一些情绪的起伏，哪怕这种情绪是愤怒我也愿意。从那以后我拼命闹拼命作，可我发现不管我做什么都刺激不了他。"

钟然婕不顾宣愉的震惊，继续喃喃诉说着："直到后来那天，我对他发脾气跑到街上碰见了你。他追上来后一看到你就像刺猬竖起刺一样挡在你我之间，你一定以为他在保护我吧？但只有我知道，他其实是在保护你！他知道我发起疯来的可怕，他怕我伤害你。"

钟然婕抱住头，似乎在撕扯着自己的伤口，她把她最难看的一面剖开给宣愉看，大概是对她自己最残忍的凌迟。

宣愉拼命抑制着心里渐渐累积的钝痛，以往与季远枫之间发生的一切都在脑海里一遍遍滚动回放。

她清晰地记得大学开学第一天，季远枫在学校门口迎接她时脸上那道和暖的微笑；也清晰地记得一年后他决绝转身时，眼里那抹毫无温度的厌弃。

他给过她如火般的热情，也给过她如冰般的寒冷。

她对钟然婕说："我们确实曾交往过，可早已毫无瓜葛。当初是他一心要和我分手，不管我如何挽留他也不曾有过片刻回头。所以你是不是误会什么了？他对我的情绪也只不过是讨厌而已。"

"讨厌你？"钟然婕自嘲一笑，"你以为，我为什么要用展会的事来害你？"

她瞥了宣愉一眼："因为我在他家里发现一个带锁的小盒子，那把锁还是同心锁。趁他不在时我破坏了锁才打开，你猜里面是什么？"

宣愉思绪万千，如果她没有猜错的话，这个盒子还是她当初送给他的，没想到他竟然一直留着。

"里面是一本相册，相册里每张照片都是你。更要命的是，每张照片背后还有他写给你的一段话，拍摄时间、拍摄地点、你如何美丽、他如何爱你，每张都写！"

"哦对了，你说他一心要跟你分手，那为什么其中不少照片都是在你们分手后才拍的？甚至有几张是在我跟他交往之后！他写着，他不该偷拍你，可思念到极致时他控制不住自己！"

钟然婕的话传进耳里，宣愉的四肢百骸都被一种密密麻麻的酸楚笼罩，甚至不可抑制地发抖。

她几乎不敢再听下去，可她无处可逃。

"远枫！"

宣愉忽然反身跑起来，高跟鞋嗒嗒嗒的声音在楼道里急促回响。她嫌自己跑得不够快，干脆踢掉高跟鞋赤脚踩在地面上。

终于跑到街上，她想打辆车，可晚高峰时段大街上拥挤不堪，就算打上车速度也根本快不起来。

宣愉心急如焚，没有更好的办法，她又开始跑起来，这一次是往钟然婕所说的公安局的方向跑去。

马路上难免会有一些硌脚的小碎物，可她竟然丝毫感觉不到疼。所有感官都被季远枫一个人占领，她完全不明白，他们为什么会走到今天这一步。

如果钟然婕所说是真的，如果他真的依然爱着她，那他究竟为什么要和她分手？她迫不及待地想弄清这一切！

　　她赤脚沿着马路狂奔，裙子在风中翩然飞扬。

第五章

难解之谜

1. "凌觉，"她哽咽道，"除了你，我没别的办法。"

凌觉披星戴月地赶回中国，只睡了三个小时便又起来收拾准备。

他希望以最好的面貌出现在今天的晚宴上，因为——

"少爷，您好像心情很好。"为他熨烫衬衫的用人这么说道，他才发现镜子里这张向来冷硬的脸上居然微微挂着一点儿柔和的笑意。

"听夫人说，少爷这次在美国拿了技术大奖，高兴是应该的。"

凌觉没有接话，只有他自己知道，他的好心情完全不是因为什么大奖。

衬衣熨好，他接过来穿上，在扣袖口时一颗纽扣居然经不住拉扯掉了下来，骨碌碌滚到地上。

用人惊慌："对不起，少爷，我马上为您换一件。"

"不用了，没关系。"他倒不以为意。

"什么不用？阿杉，马上去换。"一位妆容精致的中年女子出现在房门口，并缓步走了进来。女子四十岁上下，面容和形体都保养得当，气质雍容，整个人显得一丝不苟。

"是，夫人。"用人急忙退下。

凌觉垂下眼："母亲。"

"嗯。阿觉，今天是你人生中非常重要的日子，不可以有一丝马虎。"

他神色淡淡，略一点头表示回应。

母亲是一位名门名媛，从小时候起，她便不允许他叫"妈妈"，而是要求他称她为"母亲"。母亲对他极为严格，命令他学钢琴，命令他学围棋，命令他学马术，以及很多别的技能。起初，他虽然不理解，但为了讨父母欢心也耐着性子学了。然而不管他如何努力，母亲看到的却永远不是他的进步，而是他的不足。

她永远不满意。

直到高考之前，他终于明白了母亲这么对他的缘由——原来，他并非她亲生。所以无论他成为一个多么优秀的人，他也永远无法讨得她的欢心。

高考填志愿时，母亲又命令他填报金融专业，然而这一次他一意孤行地选择了自己喜欢的物理专业，并在上大学后搬出了这个家，只在有事时才偶尔回来。

当时家里自然有一番腥风血雨，好在如今他在材料物理领域崭露头角，与父母的关系才算缓和下来。

母亲又道："听小许说，今晚你邀请了一位特别的女孩？"

"是。"

"她是谁？"

"大学里的学妹。"

母亲打量他一番："希望有机会认识她。"

凌觉眉头微皱，不明白母亲的意图。

"时间快到了，我先和你父亲去前厅接待客人。"说完她转身离开。

今天的毕业晚宴原本应该在学院里举行，可他的父亲听说后，坚持要把晚宴放在家里。他本想推拒，然而父亲再三表示不会邀请任何一位生意场上的伙伴，所有宾客由他自己定夺。

如此一来，他只好应下。

晚宴于晚上7点正式开始。所邀宾客并不太多，除了学院里凌觉的几位重要老师外，就是实验室的几个助手和一些工作人员，总共不过二十几位。

当然，还有最重要的宣愉。

凌觉穿着剪裁合身的灰色西装，整个人仿佛自带光环般耀眼。他刚一出现就得到了许晨一夸张的赞叹："哇哦，凌大你这么帅是想迷死咱们宣学妹吗？"

凌觉无语。然而被他的话一勾，眼光不由自主地在厅里寻找着那个让他思念不已的身影。

可是，并没有找到。

凌老爷子偕夫人向各位宾客的到来表示了感谢，并敬了大家一杯酒。许晨一撺掇道："凌大要不要讲几句？"

"不讲。"

"哈哈哈，我就知道你傲娇。"许晨一自娱自乐。

晚餐是自助形式。一一打过招呼后，各人在厅里穿梭往来地寻找自己爱吃的餐点。凌觉看了看手表，已经快7点半了。

他走到许晨一身边，拉了他一把，低低问道："人呢？"

许晨一吃得正欢，听见凌觉一问似乎才发现宣愉不在，他左右看了一圈："啊？没来吗？昨天我特意打过电话，她还说一定会来啊。是不是堵车？"

凌觉微一点头，宣愉住的地方离这里确实不近，要说堵车也是有可能的。

他拿了一杯酒，寻了个角落坐下，想了想，取出手机调出了北京交通信息认真看了起来。假如被许晨一瞧见这一幕，一定会笑话他一世英名毁于一旦的。

嗯，路况确实是红色。得到这个结论，他心里稍微安定了一点儿。

7点半，8点，8点半，9点。自助餐会已结束，宾客也都停止了用餐，聚在一起喝酒聊天，宣愉却依旧没有出现。

凌觉脸色越发暗沉，许晨一也急得团团转。宣愉究竟去哪儿了？电话不接，短信不回，仿佛人间蒸发了一般。

午夜12点，所有人都已离开，凌觉却依然坐在大厅里不愿回房。

他知道她不会来了。可是，为什么？她会不会遇到什么危险？

他这样一个理性自制的人，竟控制不住自己胡思乱想。在三亚飞机坠毁时的慌乱似乎又要重演。

桌面上的手机突然振动起来。凌觉立即抓起一看，是宣愉来电！

他赶紧接起："愉愉？"

电话那头没有言语，但他仿佛听见一声抽泣。心不由得揪得更紧。

"愉愉，你怎么了？"

"凌觉……"她终于开口，哽咽道，"请你帮帮我，除了你，我真的没有别的办法。"

"你在哪儿？我马上过来。"

他一边抓起西装外套一边大步跨出了家门。

离学校不远的公安局里，凌觉终于见到了坐在拘留室外的宣愉。

她穿着一条十分美丽的裙子，可现下这条裙子已变得皱皱巴巴。她脚上没有穿鞋，脚掌被磨破了好几处，可她似乎无知无觉。她的脸显得脏脏的，眼睛微肿，还不时用手背擦着眼眶。她的长发本该十分柔顺，可是这会儿却乱糟糟的，像是苦恼时无意识地抓过。

他走到她面前，蹲下，平视着她："我来了。"

宣愉闻言抬起眼睛，像是溺水的人看到了救生圈："凌觉……"

"你放心，我来处理。"凌觉握住她的手，把自己的力量传递给她。

安抚她之后，他站起来，走进公安局的办公室问道："谁是办理季远枫案子的负责人？"

一位警察站起来，看上去几分面熟。凌觉稍稍回忆，伸出了手："高警官。"

"你好。"高警官也伸手轻握以示礼数。

这位高警官就是之前调查李元婧坠楼案时，曾把他和宣愉带到公安局问话的人。

"我想见他。"

高警官毫不迟疑地拒绝："只有当事人的代理人才能见他。"

"那我就做他的代理人。"

"你是律师吗？"

"不是。"

"那……"

"法律并没有规定非律师不能作为代理人。"

"这……"高警官犹豫了，似乎极少碰见这样的状况。

"法律只规定了非律师作为代理人不能以赚钱为目的。"凌觉淡淡道,"我不收费。"

高警官沉吟片刻后道:"那也得当事人同意。"他对旁边一名警察道:"你去问问。"

过了一会儿,去问的警察回来了,季远枫表示了同意。

"哼,真是怪了,今天来了好几个人,他只愿意见你。"

凌觉默然。

2.季远枫轻蔑道:"在你认识宣悦前,别谈了解小愉。"

在审讯室里,凌觉见到了季远枫。

他神色淡然,并没有任何心虚或慌乱。然而他整个人气压极低,仿佛一个巨大的黑洞,看不到一丝光明和希望。

他们对坐于桌子两侧,谁也不说话。

不知过了多久,季远枫才把目光的焦点放到了凌觉身上:"你来干什么?"

凌觉也盯着他:"愉愉让我来帮你。"

"愉愉?"他嗤笑一声,低下了头。

"说说吧,怎么回事?"凌觉直奔主题,不打算跟他绕弯子。

"说什么?"

"李元婧坠楼的事。"

"我无话可说。"

"警察已经把案发现场的几个鞋印跟你的鞋子做对比,结果完全吻合。"

"别人难道就不能有同样的鞋?"

"即使是一模一样的鞋,但每个人的体重、体型、走路的姿态都不一样,踩下的鞋印也会有细微不同。你抵赖不了。"

"你是帮警察审问我来了?"

"我说过,我是来帮你的。"

"哼。"季远枫冷笑,"你会那么好心?"

"我不会,但愉愉会。"

再次提到宣愉,季远枫的眉毛轻微地动了动:"你喜欢她?"

"是。"凌觉毫不掩饰。

"你喜欢她什么?长得好看?"

喜欢她什么?季远枫问的这个问题其实凌觉也曾扪心自问。没错,宣愉很漂亮,然而她的美并不似那种开在温室里娇艳的名品,反而更像长在断壁残垣里一株顽强的小花。

看似摇摇欲坠,却总在面对风雨时傲然而立,誓不低头。他不由自主地渴望接近她,更愿意竭尽全力为她撑起一片晴空。

凌觉肃然道:"她的一切我都喜欢。"

"一切?"季远枫嘲讽道,"你根本不了解她。"

"也许现在还不够了解,但以后会的。"

季远枫闻言噤声不语,只是直勾勾地盯着凌觉,不知在想些什么。

"那晚在实验楼顶,你跟李元婧见面了?"凌觉重新拉回了主题。

"……对。"季远枫向后一倒靠在了椅背上,似乎放弃抵抗一般承认了。

"为什么?"

"为了小愉。"

凌觉立即想起来那天白天,李元婧集结同伙攻击宣愉的事件。

"她想伤害小愉,我警告了她几句,她自己心虚,碰到年久失修的栏杆摔了下去。"

"你有接触到她吗?比如说,推。"

季远枫不屑:"没有,从头到尾我离她至少三米距离。"

"你见她摔下去,叫救护车了吗?"

"我打算用公用电话报警时,看见其他路人打了急救电话。怎么,以为我丧心病狂希望她去死?"

凌觉仔细分析了他的话后,起身道:"我会保释你,放心吧。"

"没有你我一样能出去,就不多谢了。"

对话结束,季远枫站起来,在警察的带领下准备重新回到拘留室。

"等一下。"凌觉突然叫住他,"你当初为什么要和愉愉分手?"

此时此刻,他终于能确认,季远枫的的确确喜欢着宣愉。他忽然和宣愉一样被这个疑问困扰,既然喜欢,为何分手?

季远枫沉默了许久,凌觉也没有收回问题的意思。审讯室的灯似乎不太稳定,突然吱吱啦啦地暗了下来,又吱吱啦啦地恢复明亮。

"你,认识宣悦吗?"他总算开口。

宣悦?凌觉默念这个名字,他记得宣愉说过她有一个姐姐,那么宣悦极有可能就是她的姐姐。

"宣悦怎么了?"

季远枫唇角轻勾,露出一个轻蔑的笑容:"在你认识宣悦之前,别谈什么了解小愉。"

说完这句话,季远枫再不回头地走出了审讯室。

凌觉伫立原地久久不动,季远枫的话一遍又一遍在耳畔盘旋,疑惑的种子开始在心里发芽。

他说他对宣愉的了解远远不够——

凌觉回想起离开三亚的前一晚,当他问起宣愉的过去时,她言辞躲闪不愿回答;此外碰见徐亨利时,他曾把他单独拉到一旁,对他说过那样一句话:"以我多年的职业嗅觉,那个叫宣愉的女孩子,一定隐藏着什么秘密。"

宣愉……宣悦……

凌觉暗下决心,总有一天他会弄清一切。但有一点他万分笃定,那便是无论宣愉藏着怎样的秘密,他的心意,绝无转移。

由于证据不足,警方在凌觉交了一笔保释金后很快就放了人。

季远枫从拘留室走出来时,宣愉激动地站了起来,先前的颓丧一扫而空,仿佛连心脏也重新跳动起来。

此时已是凌晨两点,夜风微凉。凌觉提议开车送季远枫回去,他却拒绝了:"不用,我自己走回去就行。"

凌觉又看向宣愉,她却不自在地别开眼睛,支支吾吾道:"我也……走回去。"

季远枫看她一眼:"走吧,我送你。"

凌觉的心骤然缩紧,等待着她的反应。或者,是期待着她的拒绝。

可她竟然乖巧地点了点头。

"我先走了,今天真的谢谢你。"她依旧不敢看向凌觉,只是无措地向他道了声谢,便和季远枫一起转身往外走。

就连他担心她冷,想把外套递给她,却见季远枫已经褪下自己的外套,熟练地披在了她的肩上。

他们并肩前行的背影刺痛了他的眼睛,或许从前他们曾这样并行过无数次。

他真的害怕下一秒会看见他们的手牵在一起。他今天存在的意义,难道是为了见证自己喜欢的女孩与昔日男友重归于好?

凌觉的心像扎进了一排绵密的针,疼痛来得猝不及防,却又深不见底。他胡乱抹了一把脸，选择从另外一个方向离开。

宣愉和季远枫沉默地走着，没走多远季远枫便发现她竟然光着脚。

"你的鞋呢？"

"啊，来的时候跑太快没注意……"

言下之意，是她当时太过担心他的安危。

季远枫心中一动，他每每看着宣愉在面对自己时的小心翼翼，他不是不心疼的。从前他总是狠心推开她，自以为隐藏得很好。可今天，她既然出现在公安局，就代表他的心事已被她勘破。

他不知该怎么办，更不知今后该如何面对她。

"哟——"宣愉似乎踩到一颗小石子，此刻放下心来连痛的感觉都一并回来了。

他回忆起他们刚在一起的时候，她学别的女同学尝试穿高跟鞋，却刚逛了一小会儿街就磨破了脚后跟。后来，她是被他一路抱回去的。公主抱极费体力，可那时他抱着不忍放开，还假装走错路多绕了一个弯。之后，他的双臂酸了好几天。

季远枫沉浸在往昔的甜蜜中，竟鬼使神差般脱口而出："我抱你回去吧。"

话一出口，宣愉愣了，他自己也愣住了。

宣愉的小脸憋得通红，却是不由自主地退后了一步，拉开了同他的距离："不不不，我自己能走。"

他能感觉到，她的拒绝不是假的。他太过了解她。

季远枫自嘲地一笑："对不起，是我失言。"

"远枫，"她叫他，"今天下午钟然婕来找过我，她很担心你。"

"是吗？她跟你说了什么？"

宣愉眼神躲闪："她请我帮帮你。"

"还有呢？"

其实他知道，他的一切秘密都被钟然婕发现并告诉了她，但他就是想问问，看她如何回答。

"别的……没有了。"

"……既然你说没有，那就没有吧。"他不由得感到失落，可又隐隐松了一口气。否则她若真的质问他，他却不知该如何解释。

"我告诉她，不管我跟你发生了什么，都已经过去了……"宣愉咬住嘴唇，似乎终于把想说的话说出了口。

"然后呢？你想怎么样？"

"我觉得，无论如何，你应该跟她好好谈谈。她虽然有时显得偏执，但对你的感情是真的。"

季远枫被她逗笑了："你是在帮我们说和吗？"

宣愉低下头。

"好了，我会如你所愿跟她好好谈谈。"他如是说道。是啊，当初跟钟然婕的开始就是个错误，他早就知道自己无法喜欢上别人，却拉上了无辜的女孩来垫背。

他多么可耻。

宣愉犹如放下心来，轻呼一口气，向他道别："那我先回去了，你也小心点儿啊。"

她朝他挥挥手，便步履轻快地往家的方向走，再没有回过头。一次也没有。

季远枫站在原地，目睹她的背影渐渐远去，一直到她走进小区大门，再也难觅踪迹。

"小愉……"他轻轻念道。

也许，他当初真的不该放她离开。

至于李元婧，只希望她能昏迷得更久一些，最好……一辈子都不要醒来。唯有这样，才能继续保护小愉的秘密。

3. "宣愉，凌大也是个普通人。他也会痛的。"

第二天一早，还窝在睡梦中的宣愉被郭墨的夺命连环call（电话）硬生生拉进了现实。

"喂喂，愉愉，昨晚情况如何？"郭墨兴致勃勃地打听。

"今天周六耶，你也起得太早了……"宣愉看了看表，才不到8点。

"我6点就醒了，还不是怕打扰你睡觉，哼，还不从实招来！"

宣愉拿她没办法，只好说道："昨晚啊，解决了一件困扰我很久的大事。"终于能跟季远枫说清楚，现在想来，心情仍十分轻松。

"哦哦，太好了！凌大喜欢你的礼物吗？你们在一起了是吗？恭喜你！"

宣愉听见郭墨的话猛然一惊。她竟然完全忘记了，忘记了昨晚是凌觉的毕业晚宴。

先前的睡意陡然消失，她清晰地认识到她犯了一个多大的错误！

"喂？愉愉，快说快说呀。"

"我……我……小墨，我有急事先不说了！"

宣愉挂掉电话，迅速起床洗漱，同时拨打凌觉的手机。可是——

"对不起，您所拨打的电话已关机。"

她又试了好几次，依然不通。

怎么办，他会去哪儿？她记得他从来不是一个会睡懒觉的人，即使夜间睡觉，他也从不会关机。

天哪！她怎么会忘记这么重要的事？不仅如此，她还找他帮忙保释季远枫，并且在离开公安局时拒绝了他的好意，反而跟季远枫一起离开。

当时她只是一心想要解决她与季远枫之间的问题。然而此时回想起来,她都干了些什么!凌觉一定生她的气了……

怎么办……

定了定心神,她按下了许晨一的号码。

许晨一的电话倒很快接通,可语气冰冷,全然没有之前的热情。

"你干吗?"

宣愉自知理亏,好言答道:"许学长,你知道凌觉去哪儿了吗?"

"知道啊。"

"请你告诉我。"她燃起希望,她果然找对了人。

"他去美国了。"

宣愉心里一刺:"为什么?"

"为什么?"许晨一提高音量,不客气地道,"宣愉,你到底有没有心?"

"我……"

"你是不是认为凌大无所不能,就可以随意伤害?"

她默然无语。

"宣愉,凌大也是个普通人。他也会痛的。"

宣愉能够想象,当凌觉看见自己与季远枫并肩走出公安局大门时,他心里的感受。

她突然恨极了自己。

"许学长,对不起。"

"你不用跟我道歉。"

"请你告诉我,凌觉什么时候回来?"

"他暂时不会回来了。"

"什么？为什么？"她心里又是一阵刺痛和焦急。

"凌大在美国拿到几项新型技术大奖，有基金愿意投资一个大型材料实验室供他做研发，条件是实验室必须设立在旧金山。之前凌大当然一口回绝了，可现在，哼，他已经去美国签约了。"

"那你马上把他签约的地址发到我手机上！"

说完这句话，宣愉挂掉电话，立即用手机预订了一张最早飞旧金山的机票。

离飞机起飞还有4个小时……这不太充裕的时间里，她顾不上收拾行李，而是满屋子地寻找她本想送给凌觉的那个礼物，一对精致的衬衫袖扣。

"怎么不见了……"宣愉找遍家里每个角落，甚至连沙发与地面间的缝隙都不放过，可依然没有任何袖扣的影子。

"奇怪，会去哪里呢？"宣愉深深呼吸，尽力平复着焦灼的情绪。这对袖扣代表着她未曾说出口的心意，她一定要找到它们！

她仔细回想了一遍昨天的经历：她把礼物放进挎包里准备出门，钟然婕来找她，然后她就跑去了公安局，一直待到深夜12点，凌觉来找她，后来季远枫被释放，她便和季远枫一起离开，并在离家不远的岔路口道别。

照此分析的话，袖扣最有可能掉落的地方是她跑去公安局的路上以及公安局的等待大厅。

宣愉一刻也等不下去，她往背包里塞了两件衣服，顺手抓过手机和乘机证件，便急匆匆出了门。

她沿着街道一路走一路找，其实在街上能找到的概率近乎为零，但她就是不愿意放弃。

没有，没有，还是没有……就这样寻了一路，宣愉只顾着注意脚下，忽然迎头撞上一个人。她抬头一看，居然是高警官，而她一直埋头苦找,都未曾发现她已经找到了公安局门口。

"小姑娘,你是在找什么东西吗?"在不涉及案件时,高警官的口吻似乎温柔了许多。

"是的……我在找一个小礼盒,里边装着一对纪梵希的银色袖扣。"

"看你找得这么着急,很重要吗?"

"是的,很重要。"

"既然重要,为什么弄丢了?"

"我……"宣愉一时哑口无言,是啊,既然重要,为何没有好好爱护?高警官作为外人不经意的一句话,对她而言却如醒世良言。

宣愉突然明白,她可以如此恣意妄为地只顾自己而忽略凌觉感受的唯一原因是,她认定无论自己做了什么,凌觉都能够包容和原谅,而绝不会离开。

"拿去吧。"高警官伸出手,他的掌心躺着一个精致的黑色绒盒,"好好保管,可别再弄丢了啊。"

她呆住了,这正是她的袖扣!

"谢谢!"

宣愉接过盒子,朝高警官深深鞠了一躬。失而复得的喜悦给她失落的心注入了新的勇气,让她重燃希望。

她一定要找到凌觉,把心里的话都讲给他听。倘若他是出于对事业的考虑而打算留在美国,她也不会阻止,只要他不是抱着对她的误会而做下的决定就好。

怀着这样的心情,宣愉拦停一辆出租车,直奔机场。

4."凌觉!"她不顾一切地扑进了眼前之人的怀里

凌觉从实验室出来时已是下午,整日的工作让他神情略显憔悴。

许晨一向他报告测试结果，实验数据显示，此次他研发的新型有机材料在经过蒸镀工艺后，能够均匀地在物体表面成膜，且其表面均匀性与材料利用率均达到了目前业界顶级的水平。

"凌大，你太了不起了！全球第一耶！我马上去把这项结果报告给导师！"

对比许晨一的兴奋，凌觉只是漠然地点了点头。

"等一下。"凌觉叫住正要离开实验室的许晨一，"我的手机。"

"怎么，又想找宣学妹？"许晨一回头，一边调侃，一边掏出衣兜里的手机递给凌觉。

手机处于关机状态。

凌觉眉心微皱，瞥了许晨一一眼，按下开机键。

许晨一似乎有一种被看穿的心虚，他蹿到凌觉身边讨好地道："我这不是担心影响你做实验嘛。"

手机连上网络的瞬间，系统提示关机期间曾有二十几个未接通来电。

全部来自宣愉。

凌觉的心突地一震，看向许晨一："愉愉有没有打给你？"

"呃……"

"快说！"

"打了……"

"说什么了？"

"说……"许晨一大概知道接下来的话一定会惹到凌觉，他后退了几步做出随时能逃跑的姿态，才故作镇定地说道："我说你去了美国，跟上次你拒绝的那家公司签约，短期内都不会回来了。"

"……然后呢？"凌觉双目微眯，语气降至冰点，如果眼神真能杀人的话，许晨一现在恐怕已经万劫不复了。

他吞了口唾沫:"她让我把你在美国的地址发给她,我就……胡乱发了一个……这会儿恐怕……她都快登机了吧……"

说完,许晨一抱住头蹲在墙角瑟瑟发抖:"凌大别打我!我也是太生气了,想为你报仇!"

"回来再跟你算账。"

扔下这句话,凌觉快速褪下身上的无尘服,拿过车钥匙疾步离开了实验室。他拨打了宣愉的电话,可那头始终无人接听。

这个笨蛋,不会真的去机场了吧?

想了想,他给宣愉发了微信,然后开上自己的车,往机场狂奔而去。

今天是周六,国际航班的安检通道排了长长的队伍。宣愉前后排的恰好是两个旅行团,出游的人们总是好心情地嬉笑玩闹着,唯有宣愉静默地缓缓前移。

排在她身后的阿姨问道:"小姑娘,你是要去哪儿?怎么行李带这么少?"

"去旧金山。"

"哪儿?"似乎因为人声嘈杂,阿姨没有听清。

"旧金山。"她重复一遍。

"呀,太巧了,我们团也是去旧金山。你哪个航班?"

面对阿姨无法拒绝的热情,宣愉只好把手上的登机牌递给她。

阿姨接过一看更是惊呼:"哎哟喂,咱们不仅一个航班,还是相邻的座位!真是太巧了!"

在接下来冗长的排队时间里,这位上海阿姨孜孜不倦地给她科普了上海文化与北京文化的不同,一直到了安检口这堂课还没有结束。

"小姑娘,你过完安检等我一下哦,刚刚还没有讲完。"

"……好的。"宣愉无奈,只好与阿姨相伴一路,还顺便帮她拎了两个手包。

终于登机,宣愉把阿姨的包放进飞机行李架里,双手解放,于是坐在座位上拿出了自己背包里的手机。

要不要再打凌觉电话试试呢?说不定他现在已经开机?

一边这么想,一边按下解锁键。

当宣愉的目光定格在主屏弹出的微信界面时,瞳孔霎时放大。

凌觉:愉愉,我没有去美国,见信息速与我联系。

这……

她呆呆捧着手机,身体所有反应机制一时间全部死机。

旁边座位的上海阿姨碰了碰她:"小姑娘,刚才讲的你听到了吗?我们上海呀……"

宣愉被阿姨一惊,身体机能总算恢复了工作。她又看了一遍凌觉的微信,他的意思是,他根本没有去美国,许晨一是骗她的?还有,他既然主动联系了自己,是不是说明他并不如她所以为的那样生她的气?

这样一想,心底油然而生一股欣悦——

然而很快,她听见广播里乘务长说道:"请各方乘务员操作滑梯口令单。"

她才猛然醒悟,飞机马上就要关闭舱门起飞了!

"不行,我要下去……"宣愉解开安全带,背上背包就往机舱门方向走。可刚走两步就被过道上的空姐拦了下来。

"这位乘客,您不能下去,飞机很快就要起飞了,请您回到座位坐好。"

"不,我不去美国了,我要找的人不在美国,他就在北京!"宣愉焦急不已,语气也有些激动,恨不能越过空姐往外冲,引得飞机上一阵骚乱。

乘务长这时也走过来劝她:"您好,刚刚最后一位乘客已登机,机舱门已经关闭,您不能离开飞机了。"

已经关了啊……宣愉闻言顿时丧失了战斗力,沮丧地垂下了头。

看来,只能飞到美国后再马上飞回来。不过,她可以趁起飞前最后几分钟时间给凌觉打个电话说明一下状况。

念及此,她立即拿起手机拨号——

铃铃铃铃。

机舱前部响起一阵似曾相识的铃音。她记得,凌觉就一直在使用这种最原始的手机铃声。

宣愉蓦地僵住,不由自主朝铃音传来的方向抬头看去——

依旧是整洁干练的头发,轮廓清晰的面庞,清俊有型的五官,以及长身玉立的英姿飒影。

他的出场,永远自带光芒,令人目眩神迷。

"愉愉。"

她居然看见他熟悉的身影,居然还听见他说话的声音。他怎么会在这儿?他不可能出现在这儿的,她是疯魔了吗?

宣愉用力揉眼,想要抹掉眼中的幻影,手腕却突然被一道力量抓住,宽厚的手掌上传来的温度一点一滴传进心里,几乎要将她融化了。

"别这么用力揉眼睛。"他语气似在责怪,眼中却是藏不住的关心。

"凌觉!"在眼泪即将涌出的前一秒,宣愉不顾一切地扑进了眼前之人的怀里。

5. "以后,在我有生之日,必不会让你受苦。"

国际航班准时起飞。

宣愉坐在座位上，脸上不禁一阵阵发热。天哪，她刚刚都干了些什么，怎么能扑上去……也太不矜持了吧！

她一边暗暗羞涩，一边偷偷去瞟坐在她身边的男子。

他买的机票是头等舱，所以当他提出要跟上海阿姨换座的时候，阿姨自然眉开眼笑地同意了。

凌觉本在闭目养神，似乎感受到她的目光，忽然睁开眼看着她。四目相对的一瞬，宣愉从他的眼里看见自己的身影，脸上热度再次急剧升高，心跳也不受控制地越来越快。

呜呜呜，本以为跟大神相处了几个月已经很熟悉了，没想到她还是这么不争气啊……一定被他看出来了，他肯定正在心里偷偷笑话她呢。不行不行，她一定要找点儿话题。

"那个，你怎么知道我坐这趟飞机啊？"

"用你的证件登录航空公司系统一查便知。"

宣愉默默惊叹，大神也未免太神了，印象中她只拿她的证件在他眼前晃过一次，这就记住她证件号码了？

不过……

"就算你知道我证件号码，那密码呢？你怎么知道我的登录密码？"

"猜的。"

她一惊："这也能猜得出来？天哪，我的信息安全……"

凌觉瞥她一眼："用自己生日当密码的人没资格谈信息安全。"

呃……宣愉被噎得哑口无言，这个话题继续不下去了。换一个。

"许晨一为什么骗我？"一想到上了这么大的当，还害她花掉一万多块机票钱，她的心就滴了一地的血……

"他脑残。"

凌觉语中暗含杀气，宣愉美滋滋地想，看来大神跟她同仇敌忾，回去后一定会收拾那小子替她报仇的。

"不过,"他突然话锋一转,"要不是他,我也不会知道。"

"知道什么?"

他不答话,目光落在她脸上一动不动,片刻后,自顾自笑了起来:"你说呢?"

宣愉的大脑一时没反应过来,可她的脸已经噌地红到了耳根。

等她终于反应过来——啊啊啊啊啊啊啊!他一定是在嘲笑她没头没脑地冲去美国找他的行为,不管怎么看这种行为都很像"万里寻夫"啊!

"那个,对了!"宣愉红着脸打开背包,取出装袖扣的小礼盒,"这是昨天打算送给你的礼物。"

凌觉接过打开,银色袖扣在黑色绒盒的衬托下,正散发着迷人的光泽。

"昨天,真的很抱歉。"

"哦?为什么道歉?"他似笑非笑地看着她,明明能洞悉她所有的心思,却偏偏要以逗她为乐。

"昨天的晚宴,我失约了。还有……"宣愉心虚地看他一眼,"还有昨晚离开公安局时,我跟季远枫一起走了,但我没有……"

"我知道。"

"没有跟他……呃,你知道什么?"

"知道你只是有些话想跟他说清楚。"

宣愉呆呆望着他:"你怎么知道?"

凌觉淡淡微笑,并不答话。

宣愉有些不好意思地低下头:"谢谢你这样信任我……"

"呵,那你打算如何报答?"这一次,凌觉的好心情再也掩藏不住,眼角眉梢都挂上了暖意。他并不打算告诉她,其实昨晚离开公安局后,他不放心,一直开车跟在她身后不远处,因此什么都看见了。

宣愉眼神一亮:"这趟航程很长,不如我从头给你讲讲我小时候的事吧?"

凌觉倒是没料到:"你愿意告诉我?"

她郑重点头:"之前也不是不愿意,只是没办法说出口。但现在,我知道我可以。"

凌觉颔首,凝神倾听。

"我和姐姐从小在孤儿院长大,她只比我大三岁,可从我有记忆开始,姐姐就像个小大人一样照顾着我。其实好几次姐姐都有机会被不错的人家领养的,可她为了把机会让给我,总故意对人家使坏;而我一离开姐姐就哇哇直哭,也把想收养我的人全吓跑了。"

想到小时候的淘气,宣愉轻轻笑了。也是奇怪,曾经认为不堪回首的身世,现在对凌觉讲出来却这样云淡风轻。

"后来呢?"

"后来终于有一次,一对美国来的老夫妻愿意同时收养我和姐姐。虽然要去一个陌生的国度让我有点儿害怕,但姐姐安慰我,说无论如何她都会保护我。"

"看来你姐姐对你很好。"

"是啊,要不是有姐姐在,好几次我都感觉活不下去了呢。"

凌觉闻言,眼中闪过痛惜的神情。

宣愉吐吐舌头:"好啦,现在我不是好好的吗?对了,我姐姐叫宣悦,我俩的名字一听就是姐妹。"

宣悦……凌觉在听见这个名字的瞬间有片刻失神,但他很快回过神来:"去美国以后呢?养父母对你们态度如何?"

"他们……"她微微叹道,"一开始还不错,尤其是养父很慈祥,养母虽然稍稍严厉一些,但养父总护着我们。只是没过多久,大约三年吧,养父就因交通意外而去世了。或许这件事让养母恨极了我们姐妹,从此性情大变。"

"既然养父是因意外去世的,又怎么能怪你们?"

"因为出意外的时候,他正走在来学校接我们的路上。"说到这里,宣愉垂下头,虽然事情已过去多年,但她在内心深处始终怀有几分自责。

"那之后,养母染上了酗酒的习惯,每次喝多都拿我和姐姐发泄,一开始只是骂,后来大概是看吓不住姐姐,就总朝我动手。我怕得不行,姐姐虽然尽量护着我,但她也只是个刚上初中的孩子,根本拗不过养母。后来她想了个办法,只要养母一喝酒,她就带我躲进家里的小阁楼,把门反锁。我的记忆里有一幅印象很深的画面,就是养母在门外骂骂咧咧地踢门,而姐姐在门内紧紧抱着我,安慰我,让我别怕。"

"愉愉……"凌觉覆上她的手,紧紧握住,"我很抱歉……"

"干吗跟我道歉?"宣愉微微笑道,"其实我很开心,可以把这些往事都说出来。而且有姐姐在,我也并不觉得不幸福啊。"

凌觉摸摸她的头:"我记得你说过,你姐姐现在在美国生活?"

"是的。我们的养母在姐姐高中毕业、我初中毕业那年因酗酒过度也去世了。养母留下了一些遗产,可那些钱只够姐姐念大学或我念高中。姐姐当然又想让给我啦,可是她好不容易才考上常春藤名校,我不能总让姐姐为我牺牲,所以带了点儿钱回中国了。毕竟,国内上学比美国便宜多了。"

凌觉久久无言。倒是宣愉反过来安慰他:"其实我很庆幸回国了啊,在祖国才有归属感,咱们国家现在发展很快,早晚是要超越美国的。而且……"她顿了顿,脸颊又浮现出两抹羞涩的红晕,"回来才能遇见你。"

凌觉不由怔住。他神情认真地凝视着宣愉,许久,拉起她的手放在胸口:"以后,在我有生之日,必不会让你受苦。"

像是立下了一个庄重的誓言。

宣愉被一种巨大的幸福感包围,第一次,她无比确定,这世上除了姐姐之外,还有一个人会与她携手相伴。

一生一世。

第六章 忽明忽暗

1. 天哪，大神还嫌她的灵魂不够为他倾倒吗？

凌觉本提议既然到了旧金山就去看看宣悦，然而宣愉说宣悦最近恰好去了东岸的纽约出差，过几天才能回来。考虑到凌觉的实验报告还没有最终完成，而她也有事需要尽快回一趟秋实，因此他们商定过段时间再专程来探望宣悦。

于是凌觉预订了两张立即返回北京的机票。

宣愉拿着商务舱的登机牌感叹道："不愧是大神啊……我忽然感觉自己抱到了大腿。"

凌觉淡淡回道："嗯，许晨一家里有只猫名叫大腿，改天让他给你抱抱。"

宣愉惊呆："不会吧？谁会取这种名字？"

凌觉立即在微信里敲了一句话：把你家大腿的照片发来看看。

很快，回复里弹出了几张灰色猫咪的照片，看品种应该是英国短毛猫，并且品相简直不要太好！毛色纯净，质地松软，胖瘦也正适中，最重要的是它的眼睛圆圆的，瞳孔也慵懒地舒张着，简直把宣愉的心都萌化了。

这么可爱的猫，名字居然叫大腿？暴殄天物啊……宣愉在心里捶胸顿足。

发完照片，许晨一回道：凌大，怎么突然想看我家大腿，你不是从来不感兴趣吗？还有，你追到宣学妹了吗？

凌觉回：追到了，不过，她很生气。

宣愉在心里偷乐。

许晨一回：她会不会打我？凌大你可得为我做主啊，我都是为了你！

凌觉回：这锅我不背。还有，你家大腿可以拯救你。

许晨一回：哈哈哈哈哈，我说呢，你怎么突然问我要照片，原来是用我大腿的美貌来消解宣学妹的戾气啊！凌大高招。

宣愉看见微信消息表示不服："喂喂，你不会真的打着这种主意吧？"

凌觉笑道："抱大腿这个词是你先提起的。"

她凌乱，好像还真是哦……

一来一回20多个小时的飞行，因为有凌觉相伴，时间轻轻松松便悄然而逝。

落地北京时已是深夜。

凌觉的车就停在机场，从停车场开出到上高速的短短一段路，宣愉已经靠在副驾驶上睡着了。

她迷迷糊糊地做了一个梦，在梦里，她见到了宣悦。宣悦依旧穿着她最喜爱的那件衣服,坐在沙发上注视着挂在墙上的那张姐妹合照。

"姐,"宣愉如往常一般欢欣地走过去,想要同她分享心中的喜悦,"我有男朋友了。"

宣悦却反应冰冷地推开她,眉头深锁:"这么快就忘了上次的教训?"

姐姐的话如同一盆冷水兜头浇下,她尝试着解释:"不会的,凌觉……他很好。"

宣悦不屑地冷哼:"上次你不也告诉我季远枫很好吗,结果呢?"

"远枫他应该是有什么苦衷。"

"哼,不管是苦衷还是借口,都改变不了对你造成伤害的事实。"

宣愉坐到宣悦身边,拉起她的手:"远枫的事我早就放下了,而凌觉,我相信他,我们会永远在一起。"

"是吗?"宣悦的唇角依然挂着嘲讽的弧度,"那我拭目以待。"

不知为何,宣愉心里涌起一阵强烈的不安。她知道姐姐是太过担心自己,她还想再说些什么来宽慰姐姐的心。然而宣悦的影像忽然快速后退,后退,逐渐缩小在一团黑暗中。

"姐!"宣愉妄图抓住姐姐的残影,可手中只有一片虚无。

僵在半空的手,突然被另一只手握住了。手背上传来的温度让宣愉紧张的心稍稍放松了一些。

"凌觉……"她喃喃道。

"愉愉。"耳朵里竟然真的传来他浑厚的嗓音。

呃……

宣愉睁开眼睛,看见凌觉正从驾驶座探过身子面对她,还握住了她伸向半空的手。

"做梦了？"他关切地问道。

好神奇，梦里残留的不安在看见他的一刻便烟消云散了。

她急忙坐直了身体，揉揉眼，发现车已经到了她家楼下。

"我不小心睡着了……"

他柔和一笑："你太累了。"

他这么一说，她反倒更不好意思了："你比我更累，还开车送我回家……你快回去睡吧，我上楼了。"说着解开了安全带，推开门准备下车。

脚已预备探出，左手腕却猛然被紧紧扣住了。她疑惑地回头，对上他不舍的眼眸。

"愉愉，明天打算做什么？"

"快期末考试了，打算好好复习。"

凌觉似乎对这个答案很不满意："就没有考虑过我？"

"这个……你不是说明天要加班把实验报告做完吗……"

手腕被他用力捏了捏："你可以要求我早点儿做完陪你吃晚饭。"

她笑："我才不会提这种要求。"

凌觉伸出另一只手，用手指在她鼻尖轻轻一刮："我会这么要求自己。"

宣愉心尖一颤。这样宠溺的口吻再配合面前这张俊美无匹的脸，天哪，大神这是要开挂吗？还嫌她的灵魂不够为他倾倒吗？

"明天等我电话。"话语中的温柔再次向她袭来。

"嗯。"她的脸蛋迅速升温，为了不被他发现，她急急忙忙下车一溜小跑进了单元门。

身后的凌觉心情大好，他看着宣愉屋里亮起的灯光，开始盘算如何才能在她的小区租到一个合适的停车位。他需要有一个停车位，才方便时时等她。

一夜好眠。

第二天一早，郭墨准时在8点半提供叫醒服务，并约宣愉一起去学校上自习。

宣愉想了想，毅然拒绝。因为凌觉说不定真的会提前完成工作来找她呢？虽然白天出去自习也并不妨碍什么，但总觉得心里挂念一个人时，要在家等着才比较踏实。

只好重色轻友一次啦，嘻嘻。

于是一整天，宣愉家里都呈现出一幅《少女等待图》，从日出到日中，从日中到日落——

她拿起手机看了看，已经晚上7点半了，他却没有来过半点儿消息。

喂喂喂，大神，你知道我在等你吗？你是不是已经忘记了……宣愉哀怨地抱着手机倒在沙发上，要不，她先发个微信问问情况？

解锁手机，刚打出几个字，凌觉的电话恰好进来了。她激动地一跃而起，按下接听键：

"愉愉。"

他的声音似乎能安抚她所有的情绪，她立即生龙活虎起来："你忙完了吗？我一直在等你，好饿……"

"你在家吗？"

"在啊。"她美滋滋地认为他一定很快就能来接她一起吃饭，甚至连吃什么她都已经想好了ABCD四个选项。然而事实却是——

"有一份快递帮我收一下。"

呃？等等！他打这个电话，只是为了让她帮忙收快递？

宣愉隔着电话释放一万点怨念。不过她也明白，他一定是被工作绊住脱不开身,因此乖巧地答应了下来。

"我还有事,先挂了。"

"啊,那我……"

电话已经变成忙音。

宣愉活生生把那句"要等你一起吃饭吗"憋回肚子里,差一点儿没受内伤……

她默默地想,看来正式确认关系后的第一天,她只能悲催地自己跟自己玩了,呜呜。

2.都说男人认真做事的样子最有魅力,看来果然不错

叮咚。

一声门铃打断了她的哀怨,应该是凌觉所说的快递到了吧。宣愉打起精神,走到门边伸手开门。大神虽然不能来了,但大神布置的任务必须要认真完成——

门打开的瞬间,宣愉愣住了。

因为凌觉就站在门口,笑意融融地望着她。虽然她家离他在学校的实验室并不远,但他看上去却像一路风尘仆仆地赶来。

"你怎么来了?"宣愉的惊喜溢于言表,要不是考虑到淑女的矜持,她一定冲上去扑倒大神。

"送快递。"凌觉举起手上拎的袋子,"能进去吗?"

她才意识到两个人还傻呆呆站在门口,连忙请他进来。

第一次有男孩子到访,她心里稍有紧张,脸蛋也热乎乎的。

凌觉并没有四处乱看,而是径直走到客厅一角的餐桌旁,把手上的袋子打开,拿出一个个饭盒摆在桌上,正好是四菜一汤和两碗米饭。

"这是……"

"昨天约了你一起吃饭,但今天忙完已经太晚,怕你饿坏了,干脆叫了外卖打包。"

"那这些饭盒……"桌上摆着的都是各种规格的玻璃保鲜盒。

"这种餐盒比较健康。"

宣愉想问的其实是他什么时候出去买的饭盒,难道一边忙工作还一边操心着她的晚餐?就在她陶醉于自己的幻想中时,凌觉补充道:"实验室有现成的,我就借用了。"

"哦哦哦。"她赶紧低头扒饭,差一点儿就暴露自己的自作多情了!

"别总吃白饭。"他夹了一粒黑椒牛肉给她,她刚放进嘴里,他又夹给她一筷子冬笋肉丝,然后是一根白灼芥蓝。

他如此周到,她却紧张得不知道该怎么吃饭了:"你也吃啊。"

"吃着呢。"他倒是淡定,同时又给她盛了碗汤。

"两个人吃这么多太浪费了啦。"

"吃完就不算浪费。"

"那你可得努力啊,呵呵。"

凌觉看她一眼:"你太瘦了,应该多吃一点儿。"

不知不觉,桌上的菜都被他不动声色地慢慢转移到了她的碗里,再被她吃进胃里。一顿饭过后,她看着桌上空空如也的餐盒,忽然意识到,按他喂食的速度和量,她的体重很快就会全线崩溃的!

两个人一起站在厨房清洗饭盒,凌觉的视线恰好斜对着客厅墙上的那幅照片。

照片里的两个女孩,一个显然是宣愉,另一个妆容妖娆的应该就是宣悦。姐妹俩脸型和五官都出奇地像,但气质截然不同。尤其是宣悦的眼神,即使是从照片上来看,也能感受到她目光中似乎有看透一切的漠然。又或者说……不屑?

宣愉的姐姐，到底是个什么样的人？

"你，认识宣悦吗？"

凌觉脑海里闪现出季远枫在公安局说的这句话，他隐隐感觉，他当初选择跟宣愉分手一定跟宣悦脱不了干系，并且，宣悦当初究竟做了什么，宣愉应该毫不知晓。

把洗净的餐盒收拾好之后，宣愉突然发觉——这间小小的公寓里，只有他们两个人。她与他并排坐在沙发上，距离如此之近，虽然凌觉只是淡定地安安静静地喝茶，但她却坐立不安。

怎么办？连空气的温度似乎都在渐渐升高，到最后她简直连呼吸都不顺畅了。

凌觉似乎被她魂不守舍的样子逗笑了，他放下茶杯说道："要不要出去散散步消消食？"

"要！"宣愉条件反射般从沙发上站起来，三两下奔到门边穿上鞋子，兴致勃勃地提议道，"不如我们去游戏城玩吧？"

"好，不过我还从来没去过。"

她一听更是两眼放光，笑嘻嘻道："这么说我总算能在某方面赢过你了。"

后来宣愉才知道，她的话实在说得太早了。

游戏城就位于宣愉家附近商场的最顶层。她最擅长的游戏项目是敲鼓点，一度破了该游戏城的最高纪录。直到很久之后才被另一个据说是乐队鼓手的人反超。

嘿嘿，先下手为强，给大神一个下马威。

凌觉买好游戏币以后，宣愉兴冲冲把他拉到鼓点机旁。此时有其他两个人在玩，凌觉看了一局后说："就这样？"

听他的意思，好像是觉得简单？

"不不不，他们玩的是最初级的入门模式。"

那两个人又玩了一局后离开了，宣愉便拉着凌觉站在了游戏机前。

她先选了一曲低难度的，打算给他试试手。

"拿着这两根敲鼓锤，根据音乐和系统提示敲击鼓点就行。"她生怕他不会，谆谆教诲道。

凌觉微微一笑："我明白了，开始吧。"

她按下确认键，开启双人对战模式。

一曲结束以后，宣愉自然是满分，她瞅了一眼凌觉的分数——竟然也是满分。

呃，真不愧是大神啊，虽然这支曲子难度不高，但对于第一次玩的人来说并不容易。

接下来她换了一支中等难度的鼓曲。一曲结束，她仍然是满分，但大神即便再厉害，应该也会错一两个的吧。

系统公布分数——双双满分。

宣愉瞪着眼睛看他："你真的是第一次玩吗？"

他一脸正经："是啊。"

……

看来，必须拿出她的撒手锏了！

宣愉翻出她当初打破纪录的那支最高难度的曲子。她就不信，大神真的无所不能。

由于她选择了这首难度突破天际的曲子，围观的人渐渐多了起来。有人在一旁激动地议论："哇，死亡之曲耶，我只能坚持10秒就game over（游戏结束）了。""是啊是啊，听说纪录榜第一和第二都是用这支曲子打出来的。""不知道今天能不能破纪录。""肯定不能，第一的分数已经超高了。""我觉得未必，这个小姑娘看上去挺厉害的。"

宣愉沾沾自喜地想，他们一定不会猜到这个"看上去挺厉害的小姑娘"其实就是排行榜第二名。她又瞟了一眼已经认真在准备下一局的凌觉，嘿嘿，这一次一定要让他乖乖认输。

然而……

自诩为鼓点游戏天才少女的宣愉，由于太久没玩业务生疏，居然才撑过一半曲子就掉光了血，实在是好想找一条地缝往里钻。

更要命的是，大神那边还丁零当啷敲得热闹，手上鼓锤随音乐节奏灵活地腾挪转移，分明一副游刃有余的样子。就连之前均匀环绕着两个人的吃瓜群众也纷纷挤到了他的周围。

"天哪，这个人太厉害了，都已经追上排行榜第二名的分数了！"

"看样子他有望打破纪录。"

宣愉望着凌觉认真的侧脸，目瞪口呆。都说男人认真做事的样子最有魅力，看来果然不错，呵呵。不知道大神工作起来是什么样子，她情不自禁地脑补了一番大神做实验的画面……在她的认知里，做实验等于左手拿着试管往右手的烧杯里一倒，烧杯里顿时冒起一团火。

就在她神游天外时，这局游戏随着曲子完结而结束了。结果显示，这位第一次玩游戏机的凌大，以超第一名一万分的成绩创造了全新的游戏纪录。

他毫不理会围观群众的崇拜，只是颇有遗憾地对宣愉说："断了两次S，不完美。"

宣愉在心里默默吐槽，以后再也不敢说自己擅长什么东西了，呜呜呜。

3.她忘了昨晚的一切，他一旦提及，她便头痛难忍

两个人又玩了一圈，累积了一些兑奖点券后，便去领奖台换礼物。

"你喜欢什么?"凌觉问她。

她一眼就看见了柜台里的一只平卧的小鹿的毛绒公仔:"就要那个吧?"

"好。"

换完礼品后,他们往回走。宣愉似乎对这只小鹿爱不释手,一会儿摸摸它的脸,一会儿揪揪它的角,自说自话,玩得不亦乐乎。

说起来,晚上在她家吃饭的时候,他就看见她屋里放着各种各样的毛绒公仔,看来是对这类玩偶相当喜欢。

此时已近晚上10点,商场已经开始打烊。他们走到一楼,出了商场正门,正要穿过门口的广场时——

一道熟悉的背影,赫然出现在凌觉眼前。

他的心不由得一紧。

宣愉似乎注意到他的状况,也顺着他的眼光看去,顿时了然。

"不去打个招呼吗?"她问道。

那个背影正在指挥超市工人收拾广场上的手推车,他有一段时间没有来看过她了,似乎感觉她的背脊稍稍弯了一点儿。可对于她的问题,他定在原地无法回答。

宣愉应该是看出了他的为难,于是说:"我帮你去。"

她刚迈出一步,他却下意识地抓住了她的手:"别去。"

她看着他,像是在思考什么;几秒钟后,她拖住了他的胳膊,固执地把他往前拉:"放心吧,没事的啦,有我呢。"

一直把他拖到那个背影身后,听见她说:"阿姨,请问超市已经关门了吗?"

女子转过身来,用手捋了捋耳鬓的碎发,慈眉善目地说:"是的,今天已经结束营业了。"

"那……你们超市有没有外送服务啊？平时我们挺难过来一趟的。"

"有的。"女子说着从制服口袋里掏出一张名片，"这是我的名片，上面有超市网址。"

宣愉接过名片，看了一眼，名片上写着的名字为徐迎。"谢谢阿姨。对了，这是我男朋友，他叫凌觉。"她突然介绍道，还偷偷捏了捏他的手。

凌觉咽喉又是一紧，强自保持着镇定微微点头。

女子大概是觉得眼前这对年轻人的行为有些奇怪，但仍旧礼貌地回应道："你们好。欢迎你们从网上下单。"

宣愉调皮地一笑："那如果我下单过程中不会操作，能联系你吗？"

"可以，名片上有我的联系方式。"

得到肯定的回答后，宣愉心满意足地跟着凌觉往家的方向走，还把名片拿在手里翻来覆去地看，不时又把目光投向他。

"想问什么？"他一下就猜到她的心思。

"可以问吗？"

"别人不行，你的话，可以。"

她似乎踌躇了半响，才试探着开头："她……不认识你？"

"嗯。"凌觉淡淡答道，"她恐怕根本不记得有过我这个孩子。"

她静静望着他。

"我母亲无法生育，而凌家需要一个继承人，父亲才会与徐迎，也就是我妈妈有过短暂的一段情。我刚生下来时就被母亲抱回凌家，父亲也迅速与徐迎断绝了关系。"他苦笑一声，"我的存在，更像一场交易。"

"交易"一词似乎让她感到刺心，她微微皱了皱眉，问道："你不想跟她相认吗？"

他失神片刻，才回："从没想过。"

"为什么？"

"这么多年，她有她的生活，我有我的世界，何必强行拉在一起。"他把目光投向远方，"对她唯一的愿望，是希望她过得好。"

宣愉看出了他的决心，似懂非懂地点了点头。两个人又并肩往前走了一小段，凌觉感到身旁的女孩突然身子一僵，手也微微发抖。大概她终于发现了——

从她刚才情急之下抓住他的手开始，他们的手一直牵在一起。

宣愉脸上迅速飞起两抹红晕，在她的手想抽离的一刻，凌觉适时用力握住了，丝毫不给她逃跑的机会。

"怎么？想反悔吗？"

看见她面上藏也藏不住的羞涩和喜悦，凌觉不禁心情大好，之前的那一点儿因身世而起的苦闷顷刻间消失不见。

他不仅不让她逃跑，还将手指从她指缝中穿过，与她紧紧交握在一起。

"以后我都不会放开。"他在心里如是说道，郑重而认真。

他想，宣愉或许不会知道，今晚于他而言意义非凡，终此一生都不会忘记分毫。

然而，一件谁都没有料到的事情发生了。

第二天早晨，当凌觉如约去接宣愉吃早餐时，她噘着嘴坐上车，半嗔半娇地道："昨天你不是说要和我吃晚饭吗？害我等了一夜。"

语气虽然并没有真的在抱怨，但足以让凌觉一愣。

她吐吐舌头俏皮地一笑："好啦，我知道你忙了一晚实验报告，不是真的怪你。"

　　他依然带着探究的目光直视着她，想知道她是不是在跟他开玩笑。

　　宣愉的目光落在副驾驶前方风挡玻璃前平放的毛绒小鹿身上，眼神一亮："好可爱！你什么时候买的？"

　　她的表情，一点儿都不像在开玩笑。

　　凌觉沉声道："你不记得了？"

　　"哎？什么？"

　　"这只小鹿，是我们一起玩游戏机换的。"他试着提醒她。

　　她似乎被他的话搞蒙了，睁大眼睛盯着他。片刻后，她痛苦地按住了头："好痛！"

　　凌觉顿时慌了神，他不明白发生了什么。

　　"愉愉，你怎么了？"

　　宣愉弯下腰蜷在自己腿上，双手抱着头，似乎疼得厉害。

　　凌觉彻底乱了心神，急忙踩下油门奔往离这里最近的一家私人医院。

　　拍完片子交给医生时，宣愉已经疼得脸色惨白，连话都说不出来了。吃下一片止痛药后才稍稍好些。

　　"医生，她怎么样？"凌觉眉心紧紧揪起，心疼难以言喻。

　　医生凝视看了一会儿宣愉的脑部CT（计算机层析成像）后，才答道："从片子上看没有什么问题啊。"

　　医生放下片子，朝宣愉问道："你最近有什么不舒服吗？"

　　宣愉轻轻摇头。

　　"或者昨晚做了什么？有没有休息好？"

　　听见医生提到"昨晚"，凌觉不由得盯着宣愉。她的头痛正是从他在车上提到昨晚的记忆开始的。

宣愉似乎在竭力回忆："昨晚……我一直在家等我男朋友，后来他加班太晚没有过来，我就睡着了。"

医生听完后露出恍然大悟的表情："可能小姑娘是等得内心郁闷导致没有休息好，没什么大碍，我开了点儿补气的中成药，吃三天就好。"

凌觉疑惑更深。

为什么他们头天晚上共同度过的美好时光，她竟然都不记得了？为什么他一旦提及，她就头痛难忍？

"凌觉？"

他听见她叫他，回过神来，看见她脸色好些了，也稍微放下来心。

"我送你回家。"他扶着她往医院停车场走，决定暂且把疑惑抛到一边，她的身体安然无恙才是最重要的。

4.她很快明白过来，难道……大神这是害羞了？

回到家，宣愉小睡了一会儿。醒来喝了几碗凌觉专程去买的鱼汤后，整个人又生龙活虎起来。

他们原来的计划是今天去参观凌觉的实验室，凌觉本想着鉴于她的身体状况而取消，谁知宣愉恢复后根本待不住，晃着他的胳膊要求继续履行参观任务。

"去嘛去嘛去嘛。"

这样的攻势凌觉完全抵挡不住，无奈之下只好答应了，只是叮嘱她一定不可以太累，如果不舒服就要立即告诉他。

宣愉笑嘻嘻地说："大神快变成老妈子了。"

他瞪她："听见没有？"

"是是是，谨遵圣命。"宣愉拿起他放在桌上的车钥匙，推着他出了家门。

凌觉在学校的实验室就位于物理学院顶层。

远远地，宣愉就看见一道人影在学院楼下等待，而在人影脚边还有一团灰色的绒球在来回溜达。

"凌大，宣学妹！"人影朝他们挥手，正是许晨一。

那么那团可爱的绒球一定就是那只名叫"大腿"的英国短毛猫了。宣愉兴奋地小跑过去，弯下腰盯着小猫看，小猫也根本不怕生人一般，钻到宣愉脚边蹭来蹭去。

"呵呵，它真的叫大腿啊？"宣愉朝许晨一笑道。

许晨一却十分紧张，看了凌觉一眼，又看看宣愉，才支支吾吾说道："是……是啊。"

宣愉先是疑惑，歪着头想了想，恍然大悟："对了！我还没找你算账呢，骗我说凌觉去美国。"

许晨一一个箭步躲到凌觉身后："凌大，快保护我！"

凌觉却淡定地闪身让开："早晚是一刀，你还是面对吧。"

"天哪，想不到你堂堂物理系大神居然重色轻友！"

宣愉再也忍不住笑出了声："你的大神是帮不了你了，不过大腿可以。来来来，让我抱抱大腿，我就不跟你计较了。"

大腿像是听懂了似的，为了拯救它的主人，乖乖让宣愉抱在了怀里。

"呵呵，实在太可爱了！"她天生对这些毛茸茸的物体没有免疫能力，不管是猫猫狗狗还是毛绒公仔，她都喜欢得不得了。

"不过，我们要去实验室耶，不能带大腿进去吧？"

许晨一见宣愉真的不计较了，也轻松起来："放心吧，实验室外面有它的小屋。"

"……你该不会每天都带猫来上班吧？"

"怎么不会？哈哈，凌大就是这么宽容！不对，是你们夫妇俩都宽容。"

"说什么呢？"宣愉听见"夫妇"两个字，耳根瞬间发热。再偷瞄凌觉一眼，他倒神色如常，只有自己像傻瓜一样，真是的。

三个人上到顶楼，把大腿放进走廊靠门的猫屋里，然后走进一间屋子，屋子深处是两扇厚重的隔离门，上面写着"实验重地，闲人勿进"。

许晨一介绍道："这里是对外开放区，这扇门后是隔离区，我们需要在隔离区更换无尘服，最后才能进到最里间的实验区。"

实验室防护如此严密，宣愉不禁也郑重起来。

进入隔离区，按照许晨一的要求换上了密不透风的无尘服，从脚尖到头顶全部被严格包裹起来，就连眼睛也戴上了厚实的防尘镜。

宣愉感觉自己像穿上了全副武装的盔甲，呼吸不太顺畅，步子也变得笨重。反观凌觉，似乎早已习惯，动作与平时毫无二致。

天哪，大神难道每天就是穿着这个做一整天实验？而她才没穿几分钟已经有点儿头晕眼花了，看来想得到大神头衔绝对不是一件轻松的事。

穿戴好之后，三个人又通过风淋室，才最终进入实验区。

"哇哦！"一进入实验区，宣愉就不由自主发出一声感叹。在她的印象中，实验室就像学校里那样，摆着一些桌子柜子，里面放着些零碎的实验用品。可眼前凌觉的这间却像极了电影里的场景，尤其是中央那两台大型全封闭设备，上边镶嵌着精密的仪表盘并连接至操作台，她脑子里迅速幻化出凌觉站在面前一丝不苟运作设备的样子。

"这是一台蒸镀设备和一台封装设备。"凌觉开始亲自向她解释，将他实验的主要目的和操作方法全都讲述了一遍，宣愉嘴上嗯嗯啊啊地应着，其实大脑一片混沌，根本听不懂……

"这设备块头好大啊，呵呵。"最终，她绞尽脑汁也只能做出这种尴尬的评论。

"它们只是迷你版，企业实际生产时用到的设备要比这个大得多。"

"啊哈哈，小而精！"

"你真聪明，没错，设备越小蒸镀的均匀性和精度反而更高。"凌觉用戴着无尘手套的手摸了摸宣愉套着无尘帽的头。

随便打个哈哈也能得到表扬，他是怕她接受不了自己的无知才故意给她递个梯子吧……

"……大神，你真善良。"她默默感慨。

仅仅在实验室参观了半小时，宣愉觉得毛孔都被捂得快闭塞了。重新回到隔离区脱下无尘服后，她浑身舒爽。

"宣学妹，感觉如何？"许晨一问道。

"那还用说，震撼！"

"嘿嘿，这根本不算什么，等凌大在旧金山的实验室建起来了……"

哎？

"晨一。"凌觉打断他，阻止他说下去。

许晨一愣了愣，才道："不会吧，你还没决定？"

宣愉略略发蒙，什么旧金山的实验室？那不是许晨一为了报复她才胡诌出来的吗？

"凌大，你的理想不就是拥有一间国家级规模的实验室吗？美国这两家公司都承诺可以提供给你，这样的机会多难得啊，你还在犹豫什么？"

凌觉只淡淡道："我自有打算，你不必说了。"

许晨一若有所思地看了宣愉一眼："宣学妹，你劝劝凌大吧。"丢下这句话便出去了。

隔离区陡然安静下来。

凌觉先开口道："你不用放在心上。"

"许学长的意思是，你真的要去美国了？"宣愉竭力控制着胸口里那抹酸楚的情绪，他们才刚刚在一起啊，他却要走了吗？

"确实有两家美国企业邀请我过去共建实验室，但我没有同意。"

她心里涌上一丝希望，但又忍不住担忧道："可是许学长说机会难得。"

"机会再难得也不代表我必须接受。"

"可是拒绝的话会不会很可惜？以后再也没有这样的机会了怎么办？这可是你的理想啊。"

"别听许晨一的，在中国一样有机会。"

"你……是不是因为我？我是不是拖累了你？"这么一想，宣愉越发沮丧起来。

凌觉忽然上前，牵起她的手，将她轻轻拥入怀里，下巴搁在她头上，叹道："愉愉，你对我未免太没有信心了。"

突如其来的拥抱让宣愉心跳如鼓，她把头埋在他胸口，鼻翼之间萦绕着他清爽甘冽的气息。

"我不否认，我现在根本做不到放下你去美国。但退一步讲，即使没有你，我也顶多是在几番权衡之后才拒绝，没那么干脆罢了。"

宣愉脸上的燥热直达耳根，在他怀里扭了扭，没有接话。

凌觉继续道："你放心吧，我跟北京一家企业正在沟通，合资设立一间实验室。"

"真的？"她闻言抬头，眼神闪亮。

"当然。"

"那规模呢?"

"虽然达不到美国公司承诺的规模,但你也知道,美国资本集团都很霸道,一旦我接受他们的投资,我所有的研究成果都会归他们所有。而北京这家企业接受合资,成果共有,这才是我最看重的一点。"

凌觉向她和盘托出,她忽然觉得心里无比踏实,就好像未来不管遇到什么事,他永远都不会对她有所隐瞒。

宣愉鼓起勇气,踮起脚尖在他脸颊上轻轻一吻,然后又羞涩地把头埋得更低。

圈住她的手臂蓦地一僵,许久都没有反应。她忐忑地想,难道自己大胆的行为吓到他了?

正想昂头看他时,他却忽然加重力道将她紧紧按住,还把头搁在她的肩窝里。

"别看我……"他低语。

"咦?"

莫名其妙的宣愉很快明白过来,难道……大神这是害羞了?哈哈,她好像终于掌握到了大神的弱点。

紧紧相拥的两个人,许久都舍不得放开。

5.季远枫一定是唯一知道真相的人

第二天一早,由于宣愉有事需要去一趟秋实,凌觉便准时在她家楼下接她。

当她出现在单元门门口,向他走来的一刻,他心里突然涌起一丝不安。

会不会她又忘记了昨天发生的一切?

他端端凝视着她，直到看见她上了副驾驶，系上安全带。

"愉愉……"他想问些什么，可一开口又不禁犹豫了。

"怎么啦？"宣愉看起来并无异常，用略带疑惑的眼神望着他。

"没事。"或许是他想多了吧，或许真是她昨天身体不舒服才会忘掉一些事呢？

他踩下油门，往秋实驶去。

出了小区门口行上主路时，宣愉突然说："对了，你的实验报告怎么样啦？"

凌觉心里一沉。实验报告……

昨天带她参观实验室时，他明明曾把完成的报告拿给她看过。她似乎，又不记得了。

凌觉目视前方，默然无语，感觉自己面部肌肉僵硬，完全张不了口。他该如何回答？告诉她昨天曾给她看过？那她会不会又如昨天早晨那般头痛欲裂？究竟是怎么回事？她真的忘了吗？

"喵——"车的后座上突然传来一声猫叫。

凌觉微微一愣，昨天与许晨一告别时见宣愉对大腿恋恋不舍，于是在接她之前特意向许晨一借了一天。

宣愉循着猫叫声回头，惊喜道："大腿？"

"你记得它？"

宣愉一僵："我……看过它的照片……不对……我……好像真的在哪儿见过它……"她似乎陷入了某种思索，眉头越皱越紧，"我在哪儿见过……我……想不起来……呃！"

她忽然死死抱住头，蜷缩起来："头好痛！"

"愉愉！"凌觉大惊失色，急忙掉头直奔医院。

这一次宣愉的状况似乎严重很多。当他们到达医院时，她已经彻底晕了过去。

凌觉心急如焚，从副驾驶抱起她，大步走进医院，找到他们昨天见过的那个医生。

医生仔细给她做了详细检查之后，仍是与昨天相同的判断：她的身体并无任何病症。可眼下的昏迷也并不是假的。

"究竟是怎么回事？"他无法接受医生的判断，既然没有任何病症，她为什么会这样？

医生或许是不忍见到他担忧的表情，沉吟半晌后试着说道："你是说，她连续两天都遗忘了你们头一天发生的事？并且一旦触动到她的记忆，她就会头痛不止？"

凌觉点头，但很快又想到："其实早在两个月前，我们在三亚发生过一场事故，她醒来后却完全不记得了，当时医生给她做过检查，也说身体没有任何问题。"

"嗯。"医生听后似乎更加肯定了他的猜想，"既然她的身体没有任何问题，那你有没有想过，可能是心理层面的原因？"

"心理？"凌觉愕然。

"你提到的那场事故，我认为或许是对事故的恐惧激发了她的心理保护机制。"

他对医生的说法感到不可思议："就算如您所说，可是这两天我们相处得十分愉快，她为什么也会忘记？"

"这也许是她的另一种心理保护机制吧，我对心理学研究并不深入，建议你咨询更专业的人士。"

专业人士——

凌觉迅速想起了徐亨利。他是他从小一起长大的邻家大哥，几年前去了美国攻读心理学博士学位，现在是哈佛大学最年轻的心理学教授。

上次在三亚遇见他时，他曾把他单独拉到一边，告诉他，以他多年的职业嗅觉来看，宣愉身上一定藏着某种秘密。

现在想来，徐大哥很可能从那次见面就洞察到了什么。

嘀嘀。

手机适时收到一条微信，是许晨一发来的：

凌大，我听说李元婧醒了。

凌觉双目微眯，李元婧恰好也住在这家医院，或许，他应该去看看她。

顶楼的加护病房里，一个女孩单薄的身影坐在病床上，正面向窗户微微发呆。

凌觉礼貌地敲了敲门，女孩回过头来，当目光落在他身上时不禁意外得呆住了。

病房里看护女孩的中年女子警觉地站起来："你是谁？"

"妈，他是我大学同学，您先帮我去买点儿水果招待客人好吗？"李元婧出声解围道。

女子点了点头，便出去了。

"没想到你会来看我，快进来坐吧。"李元婧招呼道。

凌觉微一点头，走进病房，站在床边。许久不见，李元婧身上似乎锋芒不再，看起来只是一个大病初愈的、孱弱的病人而已。很难将她与当初那个嚣张的校花联系在一起。

"我今天来，是有事想问你。"

李元婧脸上闪过一抹忧伤："跟宣愉有关吗？"

"是。"

"你们在一起了？"

"是。"

些许沉默后，她说道："你放心吧，我以后不会再找她麻烦了。

这段时间我让家人那么担心，觉得以前的自己很傻。"

她自嘲道："以前总觉得你不喜欢我，我就像被世界抛弃了一样。"

见凌觉不说话，李元婧拍了拍脸，坐直了身体："说吧，有什么想问的？"

他也不绕弯子，道："我想知道你带人袭击愉愉那天，都发生了什么。"

"那天……"她回忆道，"我带着几个外校的女生去找宣愉麻烦，本想好好教训她，谁知道当我们抓住她时，她就像突然变了个人似的。"

说到这里，李元婧缩了缩身子，仿佛还心有余悸。

"没想到宣愉那么厉害，我们几个女生也完全不是她的对手。"

凌觉思索片刻，问道："你有见到她的姐姐吗？"

"姐姐？"李元婧一愣，"没有啊，那天没有其他人出现。"

她定了定神，看着凌觉的表情试探般说道："其实，我也觉得宣愉当时的状态很奇怪，所以还调查了她一番……"

见凌觉没有生气，她才继续道："我当时有一个猜想，为了证实，我还约见了她的前男友季远枫。"

凌觉眉峰突地一跳："你是说，那晚碰面，是你约的他，而不是他约的你？"

"是的，是我约的他。"

他的眉头愈加深锁。在公安局拘留室跟季远枫见面时，季远枫说他是为了警告李元婧不要找宣愉麻烦因而约了李元婧见面，而并非李元婧约的他。他为什么要说谎？

"一开始季远枫并不愿意见我，直到我说出我的猜想……"

"什么猜想？"

"我认为，宣愉可能是书上说的那种双重人格的人。"

凌觉惊愕，瞳孔由于太过惊讶而骤然收缩。

"什么意思？"

"其实我也就是瞎猜啦，因为她当时突然像变了个人，所以我就试着跟季远枫一提，没想到他反而特别郑重地来见了我。"

他陷入沉思。

"后来呢？"

"后来……我们在学校实验室顶楼天台碰了面，他一直威胁我不能对其他人胡说，我一害怕就失足摔下了楼……就是这样。"

"……这些话，你还有告诉过别人吗？"

"没有。"她低下头，"你是我醒后第一个来看我的人。"

凌觉顿了顿，说道："我的请求或许很无理，但我希望，这番话你不要再说给第三个人听。"

李元婧嘲讽地一哼："虽然口气不同，但你和季远枫提起宣愉时的紧张反应却是相同的。我有时真羡慕她。"

她既不说答应，也不说不答应，而是提出了一个交换条件——

"你答应我，我就答应你。怎么样？"

凌觉眉心纠结，久久不言。李元婧却笃定地看着他，好似料定他会同意。

"好。"

最终，凌觉轻叹一声，吐出这个字，怀着复杂的心情离开了病房。

身后的李元婧，面露微笑，却掉下了两行清泪。

带宣愉回到家时，她依然未醒，这一次的昏迷时间似乎长了许多。

凌觉把她抱到卧室床上，细心地为她盖上被子，不时用手去试探她额头的温度。

凌觉的目光顺着卧室打开的门往外看，看见客厅墙上悬挂的那幅宣愉宣悦的照片，想到先前李元婧的话，徐亨利的话，还有季远枫的话——

"你，认识宣悦吗？"

他想，是时候会一会季远枫了。他一定是唯一知道真相的人。

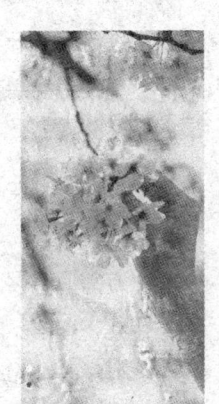

第七章

长夜难明

1. 他的目光落在她身上,却像透过她在看别人

夏去秋来。凌觉正式毕业,开始筹建他理想中的实验室。宣愉也已顺利升上大四,课程轻松的她得以将更多的精力投入秋实的项目中去。

生活和事业看上去运转有序,可宣愉却觉得,最近的凌觉有点儿怪怪的。

虽然他依旧温柔,依旧会在百忙的工作中每天抽出一点儿时间陪她,但她越来越发现,当她兴致高昂地跟他说话时,他竟然会时常走神。

尤其是前两天,她身体不太舒服,沉沉睡了一觉,一醒来便发现凌觉双手合十撑着下巴,一动不动坐在床边椅子上。那时他的目光明明落在她身上,却像透过她在看别的什么人。然而当她提出疑问时,他的表情云淡风轻,仿佛她真的只是看错了。

"唉……"想到这些,宣愉不由一叹。她拍拍自己的脑门,把不安的思绪通通甩出大脑。最近头脑总是昏昏沉沉,也许是身体状况不好才容易胡思乱想吧。

铃铃铃铃——

手机铃声响起,宣愉看了一眼来电显示,是郭墨。

"喂,小墨。"她接起。

对方却似乎愣了一下才出声:"……愉愉,你现在在哪儿?"

"我在家啊。怎么了?"

"你家大神呢?没跟你在一起?"

小墨怎么会突然问到凌觉?宣愉觉得奇怪,但还是老实答道:"他最近在筹备新的实验室,比较忙,今天没来找我。"

电话那头的郭墨沉默了一瞬,才道:"愉愉,我们最近见一面吧,有些话……我想当面跟你说。"

郭墨郑重的语气让宣愉也不自觉重视起来:"好啊,那我们明天下午约个时间?"

"明天?"郭墨惊讶道,"明天可是你生日耶。"

"对呀,生日约你见面吃饭聊天不好吗?"

"你家大神都不陪你?"

"他不知道明天是我生日。"

"你没告诉他?"

"唉,原本我想卖个关子,就让他把明天的时间空出来,他也答应了。可是前天一起吃晚饭时他接了个电话,说明天有重要工作,于是……"说到这件事,宣愉的情绪不由得低落下来。

"你为什么不告诉他明天是你生日?这算什么男朋友?"郭墨愤愤不平。

"没事啦,小墨,生日而已,又不是什么大事,改天再过也是一样的。"

"……那好吧,明天我陪你。我们明天见。"

约好时间地点以后,宣愉便挂了电话。

不过,郭墨今天提到凌觉时的态度似乎与往常不太一样。要知道她一直是大神的超级铁粉,平日里几句话就能把他夸上天。今天是怎么了?看来,明天见面时一定要好好问问。

第二天下午,宣愉准时前往离家不远的超市对面的酒吧与郭墨碰头。

"愉愉,在这里。"郭墨已经提前到了,朝她挥手。

今天的小墨穿着一身瘦削及膝的黑色风衣,桌上还放着一副黑色的太阳眼镜,宣愉见后笑道:"你这是要去做特工吗?"

郭墨瞪她一眼:"你别说,我还真有做特工的潜质。"

听出她话里有话,宣愉坐下来点了两杯果汁后,端坐了身体问道:"怎么了,找我究竟有什么事?"

郭墨也沉了脸色,肃然道:"愉愉,你跟我说实话,最近有没有觉得凌大有什么不对劲?"

宣愉微微错愕,不明白她的意思。

"比如说经常失约?"

"这个……也不算经常吧……就是偶尔他工作忙……"

"真的工作忙?你有没有去看过他到底在忙什么?"

"小墨,你什么意思?"

郭墨撇了撇嘴,抱着手臂说道:"愉愉,我真心拿你当朋友,不忍见你受骗。"

宣愉的心陡然一沉,她预感到小墨接下来会说些什么,一种难言的滋味涌上心头。

郭墨掏出手机，调出相册轻轻点击，然后把手机放在宣愉眼前。

一张清晰的照片跃入眼帘，照片里一男一女坐在草地边的长椅上，男主角正是凌觉，至于旁边的女主角——

宣愉瞪大双眼，她竟是多日未见的李元婧！

李元婧醒了？他们怎么会在一起？

从照片拍摄的角度能清晰地看见李元婧望向凌觉时脸上的柔情，而凌觉虽然表情淡漠，却全然没有了以前对她的厌恶和回避。

宣愉感觉全身的血液几乎凝固，大脑迟迟没有反应。

"这是……什么时候拍的？"

"昨天下午。其实上周我去这家医院做体检时就曾看见一个很像凌大的背影，但当时我急着回家并没有多想。直到昨天去取体检报告被我撞个正着。"

宣愉的大脑轰然炸响。昨天下午？他们原本约好一起去看电影，然而凌觉突然说实验室有事需要过去一趟。以工作为名冠冕堂皇地丢下了她，原来，根本没有什么工作。

"他们怎么回事？凌大不是一向讨厌李元婧吗？"

"我……不太清楚。"宣愉低下头，推开小墨的手机不愿再看。

"愉愉！逃避不是解决问题的办法！"

"那我该怎么办？"她的心似乎被一只看不见的手用力握住，越握越紧，连空气中的氧气都变得稀薄起来。

郭墨注视着她："你不是说，凌大今天原本跟你有约，却又临时推托吗？"

她的心脏猛地漏跳一拍："你的意思是，他现在，可能去见李元婧了？"

"很有可能！走，我们去这家医院看看。"

"可是……"

"还可是什么？你怕撞破了他的谎言无法收场？"郭墨恨铁不成钢，手重重捶在桌面上。

宣愉心虚地不敢接话，她的这点儿小心思都被小墨无情地揭穿了。是啊，她害怕，就算发现凌觉真以工作忙为借口而骗了她，就算她去医院当场撞见他真的去见了李元婧，她又该如何面对？又或者，他会不会有什么难言的苦衷？

"愉愉，你怎么回事？以前的你，绝不是个懦弱的人。"

宣愉陷入长久的沉默。

郭墨站起来，叹道："我去一下洗手间，你先好好想想。"

说完便离开了桌子，世界仿佛又只剩下宣愉一人。她思绪混乱，无意识地拿出自己的手机解开锁，发现雷染君在半个小时前发了个微信给她：小愉，你现在在哪儿？

她回道：在××酒吧，学姐有什么事？

雷染君很快回复：哦哦，离学校很近！你跟谁在一起？

她回：跟我同学郭墨。

雷染君回：好，那你在那儿等十分钟，千万别走开！

她回：好的。

雷染君找她，莫非也是为了凌觉……唉，不会的，别再胡思乱想了。既然小墨希望她去医院看看，那便去好了，倘若真的碰见凌觉和李元婧，就向他要个说法也好。事实上最近一个月来他的若即若离已经让她产生了许多不安的念头，借此机会说个明白对她而言反而是一种解脱和救赎。

或许小墨的出现，就是上天要逼她面对现实。

几分钟后，郭墨从洗手间回来，问她："考虑好了吗？"

她点了点头："嗯，不过，能不能再等几分钟？"

郭墨大概是误会她仍然不敢面对，于是又将手机里的那张照片调出摆在桌面："愉愉，事实摆在眼前，能不能别再当鸵鸟？"

"我没有——"宣愉抬起头，正打算好好解释，眼角余光却瞥到酒吧门口走进一道熟悉的身影。

居然是季远枫。他怎么会出现在这儿？手上还拎着一个精致的纸盒。

季远枫一进门就看见了宣愉，径直朝她走来，一直走到她面前站定："小愉。"

宣愉吃惊地站起来，看上去，他是专程来找她的。

季远枫又朝郭墨点头示意，友好地问道："你是小愉的朋友？"

"呃，是的。"

"我叫季远枫，你好。"

"你好……我听说过你。"郭墨与宣愉同学几年，当然知道季远枫就是她的前男友。只是先前只闻其名未见其人，今天还是第一次碰面。仅从外表判断，似乎并不比凌觉差啊。

郭墨朝宣愉抛去一个意味深长的眼神。

宣愉尴尬一笑："这么巧，在这儿碰见你。"

季远枫徐徐微笑："不巧，我是来找你的。"

"你怎么知道我在这儿？"转念一想，"该不会是雷学姐告诉你的吧？"

他大方承认："是的，我托她帮我问问。"

"那……找我有什么事吗？"

季远枫递上手上的纸盒，盒面印着黑天鹅的logo（标识），装的应该是蛋糕。

"没什么，今天是你生日，就想把蛋糕送给你。"

宣愉神色复杂地接过蛋糕盒子，脑海里的记忆电光石火般被点燃——犹记得去年生日那天,她回家时发现门口也摆着一个黑天鹅的蛋糕盒子。当时无论她怎么质问季远枫,他都十分冷淡地坚称蛋糕绝不是他送的。

她真傻啊,她喜欢吃黑天鹅蛋糕这件事,除了季远枫,再没有别人知道。

"既然去年你不肯承认,现在为什么又……"

季远枫打断她,目含暖意:"小愉,两年前跟你分手是我不对。现在,我后悔了。"

他说后悔了——

宣愉犹如受了一记重击,她睁大双眼,难以置信。

他怎么可以轻飘飘地说出"后悔"二字?当初他坚定地要跟她撇清关系,她是耗费了多少努力才从覆顶的悲伤中涅槃重生。而现在,她已经有了新的生活,他却不管不顾地来跟她说一句,他后悔了,是希望她做出怎样的反应?

季远枫没再继续这个话题,转而说道:"小愉,现在正是下午茶时间,不如我们跟你朋友一起吃掉蛋糕?"

郭墨却抢先一步挡在宣愉身前:"谢谢你的好意,但愉愉现在恐怕没有心情吃什么蛋糕。"

季远枫似乎听出郭墨言有所指,敛了神色:"发生什么事了吗?"他目光一扫,瞥见桌上郭墨手机里的照片,又看了看宣愉的脸色,顿时明白了一切。

短暂沉默后,他说:"走吧,我陪你们一起。"

"不……"宣愉觉得不太方便,正想婉拒,却听季远枫继续说道:

"你们现在情绪不稳,我怕你们到时太过冲动。放心,到医院后我远远看着你们,没有需要的话就不会现身。"

"愉愉,他说的有道理,让他一起去吧,万一李元婧使什么幺蛾子,他也能帮忙。"

在郭墨的一再坚持下,宣愉只好默认,三人一起离开了酒吧。

2.凌觉心中尘埃落定,这个季远枫,果然知道一切

即便下定决心要问个清楚,可是当出租车真的到达医院门口时,宣愉却不由自主地开始退缩。

坐在副驾驶的季远枫付完车费,下车拉开了后座的门。郭墨率先下车,催促着一动不动的宣愉:"走啊,愉愉。"

"小墨,我……"

"你还在犹豫什么?"郭墨提高音调,"你不会打算临阵脱逃吧?"

站在车门口的季远枫深深看了宣愉一眼,微微叹道:"行了,你别逼她。小愉,如果你不想进去我们就回去吧,今天是你生日,我请你吃大餐。"

宣愉深呼吸一下,定了定心神。她明白,她的犹豫不决无助于解决任何问题,可是这样兴师问罪一般找上门,即使真的见到了凌觉来探望李元婧,又能如何呢?当面质问他?讨伐他?

倘若凌觉真的对她有所隐瞒,这样的做法只会更加推他远离;而如果其中有什么误会,这样做岂非多此一举,白白辜负了彼此之间的信任?

无论何种情形,除了难堪,她和凌觉之间什么也得不到。

"小墨,你听我说。"宣愉下定了决心,"我并不是不敢面对,只是觉得我们这样唐突地找来无助于解决问题。我答应你,我会约凌觉好好谈谈,把心里的这些疑问全都告诉他。"

郭墨大概是哀其不幸,怒其不争,气得一跺脚:"你就是太在意他，生怕影响你们之间的感情吧？那个谁，季远枫，你怎么看？"

季远枫依旧凝视着宣愉，微微勾了勾唇角："无论小愉怎么决定，我都支持她。"

郭墨无奈地鼓着眼瞪他："行行行，就我一个是坏人。横竖这也是愉愉的私事，我不管还不行吗？"

说完，郭墨似乎真的生气了，扭头就往远离医院的方向走去。

"小墨！"宣愉急忙想下车去追——

脚刚一落地，就远远看见凌觉站在医院门口，正直直盯着她所在的方向。他依旧俊逸不凡，光华炫目，以往每当他一出现，宣愉就恨不得把眼睛贴在他身上，可眼下却心虚地不敢看他，反而本能地往季远枫身后躲。虽然明知根本躲不过。

偷偷探头一看，恰好看见凌觉的脸色倏然一沉。

季远枫与凌觉遥遥对立，谁都没有先开口。直到凌觉身后走过来一道女子身影，嗤笑一声说道："哟，今天人都全了。"

宣愉面色惨白，因为她听出说话的人正是李元婧。这么说来，凌觉果然借工作之名，背着她来医院约见了李元婧。

"你怎么出来了？"凌觉对李元婧低低说道，话语中似有一丝警告意味。

李元婧却不甚在意地笑笑："从病房窗户看见宣愉过来了，就来接待一下啊。"

"别捣乱，你先回去。"凌觉用一种不容抗拒的口吻命令道。

李元婧轻轻喊了一声，居然不再回嘴，反而顺从地掉头欲走。原本已经离开医院一段距离的郭墨回头瞧见这一幕，立即折返，跑上前捉住了李元婧的手臂。

"想走？你心虚吗？"郭墨不客气道。

李元婧甩开郭墨的手，语气也不太友好："干什么，跟你有什么关系?"

"愉愉是我朋友,她的事就是我的事!"

李元婧嘲讽道:"哦?你的事?你知道究竟发生了什么事吗?"

"你不要脸!"

"够了!"凌觉闪身移到李元婧与郭墨中间,"郭墨,这事跟你没关系,你走吧。"

"你……"郭墨气得按住胸口,"好你个凌觉,枉我一直敬你为大神,没想到你居然是这种两面三刀朝三暮四的人,愉愉瞎了眼才会喜欢你!"

凌觉眼神一痛,却并没有解释什么,只是尽力用平缓的语气说道:"你是愉愉的朋友,我不想跟你争执,这件事,我自会处理。"

郭墨一时语塞,却听李元婧幽幽地说:"凌觉,三个月期限已到,答应你的事我不会食言,放心吧。这热闹我就不凑了,先走了啊。"说完便潇洒地扬了扬手,翩然离去。

宣愉听得一头雾水,什么期限?什么答应的事?凌觉跟李元婧之间究竟……

"愉愉。"不知何时,凌觉已经走到了季远枫面前。近距离听见他的声音,宣愉的心顿时泛起波澜。

季远枫回头望了一眼躲在他身后的宣愉,向一旁挪开了几步。

三人之间的距离,恰好形成一个三角形。

宣愉依旧低着头,不知该说些什么才能打破眼前的尴尬。

"愉愉,"凌觉先开口道,"你是不是身体不舒服才来医院?我陪你进去找医生。"

宣愉咬着唇,摇了摇头。

凌觉眸色渐深,最终闭上眼轻轻一叹:"是,这几个月我常常以工作为名,来探望李元婧。"

宣愉的心被狠狠一刺，虽然早就做好了准备，然而当她真的听见他亲口承认时，还是感到一阵天旋地转。

"为什么？"

凌觉张了张嘴，没有说话。

一旁的季远枫若有所思地望着凌觉。

宣愉痛苦地后退两步："如果你改变主意想跟李元婧在一起，请你告诉我，我不会纠缠你的。"

"愉愉！"凌觉急忙上前。

"你别过来！"宣愉终于控制不住自己的情绪，崩溃地吼道，"我可以接受的，只要你给我一点儿时间。"

"不是你想的那样。"

"我什么都没想，我只是亲眼见到了。"泪水滚滚而下，她狠狠擦了一把脸，傲然道，"小墨，我们走。"

郭墨见宣愉太过伤心，没有再多说什么，扶着她上了一辆出租车。季远枫原本也想上车，却被人拽住了手臂。

目视出租车离开后，只余凌觉与季远枫还站在原地。季远枫抱手道："不去追？"

"我有话问你。"

"我猜到了。"

"……你怎么会跟愉愉在一起？"

季远枫像是听见一个十分好笑的笑话："今天是小愉生日，你忙着'工作'就不能让我陪她吗？"

凌觉默然。

"其实你并不是不知道她生日吧？只不过你必须遵守约定来医院陪李元婧，所以才假装不知的，对吗？"

凌觉双目迸出警惕的光芒，认真观察着季远枫的表情："你究竟知道多少？"

　　季远枫轻轻一笑："我啊，知道小愉的全部，也能猜到李元婧离开前那句话是什么意思。"

　　"李元婧告诉我，她坠楼那晚，是她约的你。"

　　"是啊，她说她知道了小愉的秘密，所以我必须赴约，就像你必须来医院陪她一样。"

　　凌觉心中尘埃落定，这个季远枫，果然知道一切。

　　"你能不能跟我讲讲，关于宣悦的事？"

　　凌觉说完这句话后，便看见季远枫眼里风云变幻，几经浮沉，似乎陷于挣扎的泥潭，好一会儿才归于平静。

　　"宣悦第一次出现，源于小愉一次食物中毒。"季远枫终于打开了记忆的匣子，那段不为人知的过往，在脑海里一一浮现。

3.为了让宣愉继续存在，季远枫唯有忍痛提出分手

　　季远枫以一个能上清华的高考分数填报了宣愉能够得上的一所大学，这样的行为着实有些疯狂，但即便到了今天，他也从不曾后悔。

　　新人报到那天，他早早地站在大学门口等待。季远枫向来被同学朋友们定义为暖阳，他是一个团队的中心，能够恰到好处地给予每个人浅浅的温暖。唯独在看向宣愉时，他的眼里燃烧着如火的光芒。

　　很快，拖着行李的宣愉出现在他视线里，欢呼雀跃地跑了过来。那一刻，季远枫拼命忍耐着想要拥她入怀的冲动，事实上他的心早就快被长久压抑的炙热烫成内伤了。

　　开学后不久他便开始策划表白仪式，若不是顾虑到宣愉对早恋一事有心理负担，他甚至恨不得在高中时就让她成为他的女朋友。

　　他简直等不及了。

　　一天晚上，他在宣愉的朋友圈里看见她转发的一个帖子：《如果

一起吃过这100样东西就在一起吧》，顿时灵光一现。

他早就知道宣愉是枚可爱的小吃货，若能找齐这100样美食向她表白，绝对算投其所好。

打定主意后，季远枫开始满北京城地找吃的，为此还发动了好几个朋友帮忙。

当他终于把100样美食摆在宣愉面前时，她都惊呆了。他至今还记得她惊喜地绽放笑颜的样子，那时他默默起誓，她的笑容，她的纯真，都是他倾其所有也要去守护的东西。

季远枫是一个心智早熟的男孩，他并不像普通的大学男生那样只顾风花雪月，在他心里，想要好好爱一个人，就要努力为他们的将来创造条件。

也因此，他从大一开始就入了学生会，还申请了许多社会实践，渐渐地越来越忙，难免有顾不上宣愉的时候。在他忙学生会事务、忙兼职的日子里，宣愉总是默默地不去打扰他，他也从没听她抱怨过什么。直到后来雷染君学姐私下告诉他，宣愉其实并不需要他兼职赚钱给她买什么东西，而是需要他多一些时间陪在她身边。

季远枫听后很受触动，决定辞掉所有兼职，只保留学生会的工作。有一家他打工的海鲜店老板感念他长期以来的辛勤，送了他一些海鲜当作告别礼物。

谁知道，就是这些海鲜中一种叫青口的贝类，让宣愉进了医院。医师诊断为严重的过敏性食物中毒，一度还下了病危通知书。

眼见昏迷不醒的宣愉一动不动躺在病床上，季远枫被自责和心疼折磨得憔悴不堪。甚至想过，如果小愉不能好起来，他也没有了活下去的意义。

好在，宣愉最终脱离了危险。当她醒来的一刻，季远枫欣喜若狂，可是她的表情却怪怪的，没有了往日的活泼，反而冷淡地、静默地望着他。他小心翼翼地道歉,却听她不屑地冷哼道:"收起你的虚伪吧,我不会把'她'交给你。"

季远枫一愣,没明白宣愉的意思,只以为她还在生气。后来医生进房检查,宣布宣愉脱离了危险。他松了一口气,再看宣愉时,她脸上冷淡的表情不再,还感激他这段时间衣不解带的照料。

一切似乎都再正常不过了。

奇怪的事情从宣愉出院后便开始频繁发生。季远枫辞掉了所有兼职,除上课和学生会活动外的全部时间都交给了宣愉,然而宣愉会在两个人开心相处时突然像变了个人似的翻脸,还会遗忘两个人之间美好的片段,到后期甚至会凭空创造出一些极不愉快的记忆。

一开始季远枫以为这是宣愉食物中毒的后遗症,除了担心她的身体外并未多想,直到一次陪宣愉逛街,他去马路对面为她买饮料,回来时恰好见到高空突然坠下一个物体,眼看就要砸中站立等待着他的少女。

季远枫吓得魂飞魄散,却来不及跑过去推开她,他的心脏几近停摆!

忽然之间,宣愉似乎感受到头顶的危险,竟身手矫捷地往旁边空地一翻,堪堪避开了砸在地上的花盆。

季远枫狂奔过去扶起她,从头到脚地查看她有没有受伤;宣愉却面色不屑地拂开他的手。他这才端视她的脸,他再一次看见了曾在医院见过的那个冷淡的、仿佛不食人间烟火的神情。

"小愉……"他轻轻唤她。

却听她淡淡答道:"我不是宣愉,我是宣悦。"

季远枫惊愕万分。他第一次想到,宣愉是拥有双重人格的人。

"既然你保护不了她,就只能由我保护。"

自从说完这句话过后,身为宣悦的这重人格越来越肆无忌惮,每当她不满意季远枫对宣愉所做之事时,她便会立刻出现占据她的身体,消灭她的这段记忆,甚至创造出一段虚拟记忆。他们之间的一切美好,都被宣悦修改得面目全非。

季远枫不曾放弃,一度咨询了数位心理专家,却都束手无策,只能眼睁睁看着宣悦的人格越来越强,而宣愉的气息越来越弱。

宣悦最终撂下了底牌:如果他们不分手,她就会永久占据宣愉的身体,让她彻底从他的世界里消失。

在震惊和痛苦的撕扯之下,季远枫毫无办法,为了让宣愉继续存在,他唯有忍痛提出分手。他心里的苦,这两年来,根本无人诉说。

季远枫讲完这段深藏于心的往事后,长长舒了一口气。

他自嘲道:"真没想到,第一个知道我心事的人,竟然是你。"

凌觉久久无言,似惊愕,又似早有所料。

季远枫肃然道:"小愉并不知道自己是双重人格的事。我曾咨询过心理专家,若是小愉得知此事,会造成她事实上的精神分裂,或许再也无法恢复成正常人。所以,这件事绝不能让小愉知道。"

凌觉点头:"所以你才会赴李元婧的约。"

季远枫怆然一笑:"是啊,所以你才会来医院见李元婧。我们想保护的,原本就是同一个人。"

"这么长时间以来,你有没有找出什么办法?"

季远枫苦笑:"我如果有办法,也用不着跟小愉分手。我查了大量资料,咨询了无数专家,得到的结论是,除了宣悦愿意主动沉睡外,再无他法。"

主动沉睡……

"知道了,我会想办法。"

凌觉下定决心,眼下他能求助的人,大概唯有徐亨利一人了。他首先要做的，是找出宣愉双重人格的成因。

回到家里，凌觉打开邮箱，点开徐亨利回复给他的邮件。其实他早在半个月前就委托徐亨利在美国帮忙调查宣愉这些年来的经历，希望能从中找出一些线索。

徐亨利在邮件中写道，他从美国警方档案中得知，宣愉9岁时曾和姐姐宣悦一起被卷入一起报复社会的恐怖袭击中，当时宣悦为了保护妹妹而死在了匪徒的枪下。

"小觉，你曾告诉过我宣愉所描述的她和她姐姐之间的事情，以我多年专业经验几乎可以断定她双重人格的成因。姐姐宣悦从小保护着她，最终却因她而死，这种巨大的内疚撕裂了她的内心，她无法接受姐姐死亡的事实，于是在身体里分裂出了一重姐姐的人格。她并不知道，她的潜意识是由姐姐人格控制的。并且，从你最近经历的种种来看，第二重人格宣悦越来越有喧宾夺主的架势。长期下去恐怕终有一天宣悦会彻底占据宣愉整个身体，消灭宣愉所有记忆，成为一个不折不扣的、真实的宣悦。"

徐亨利的邮件刺痛了凌觉的双目，他感觉一阵眩晕，双手勉强撑住头，大口喘息着。他没有想到，绝没有想到有一天宣愉竟会有彻底消失不见的可能。他无法接受！

"愉愉……我一定会找到救你的办法。"凌觉后仰躺在床上，脑海中浮现出宣愉曾向他讲述的那段与姐姐的过往：

"养母染上了酗酒的习惯，每次喝多都拿我和姐姐发泄，一开始只是骂，后来大概是看吓不住姐姐，就总朝我动手。我怕得不行，姐姐虽然尽量护着我，但她也只是个刚上初中的孩子，根本拗不过养母。后来她想了个办法，只要养母一喝酒，她就带我躲进家里的小阁楼，把门反锁。我的记忆里有一幅印象很深的画面，就是养母在门外骂骂咧咧地踢门，而姐姐在门内紧紧抱着我，安慰我，让我别怕。"

宣悦曾与宣愉相依为命，到最后甚至用生命守护了妹妹。宣悦一定是想看到妹妹幸福的，可是为什么，宣愉现在却快要被自己的愧疚吞噬？

他该怎么办？他真的能救她吗？

4.这个方案怎么听都觉得荒唐不堪

待凌觉从漫天的思绪中回过神时，时间已近凌晨三点。四下漆黑，周遭静谧，唯有窗外间歇迸发的蝉鸣成为打破这份宁静的不速之客。

暗夜里手机屏幕发出的光亮映出了他清俊的轮廓。他面上神情凝滞，目光黯然，显然已被这个天大的难题逼入了绝境。

他点进微信界面，点开了名为Henry的头像，给徐亨利发送了一条消息。

邮件我已经看了。

Henry很快回复：你那边现在是半夜吧，还不睡？

睡不着。

为宣愉的事心绪不宁？

他没有直接回答，而是问：为什么第一次在三亚见到愉愉，你就看出她藏着秘密？

呵呵，其实不是我有透视眼，而是她一直躲避我的眼神。我猜是她身体里的第二重人格察觉到危险，因此本能地躲闪吧。

危险？

是的，她知道我有办法让她消失。

消失……看到徐亨利这条消息，凌觉豁然起身。

似乎嗅到了希望，他急速输入：你是说，你能救愉愉？

当然，你不就是相信我能办到才会找我帮忙吗？

徐亨利说得如此轻松，凌觉的心反而高高提起。他总觉得这件事绝非易事，否则也不会让季远枫两年以来都束手无策。

然而眼下，除了听徐亨利一言，再没有别的办法。

凌觉把两个人的记录翻看了一遍又一遍，眉头紧锁，思虑再三，在手机里打出几个字：你说，该怎么办？

很快有回复弹出：Easy，杀死宣悦。

杀死——

凌觉的瞳孔猛地放大，不可置信。不，这太荒谬了，怎么可能，这绝不可能！

另一端的"Henry"似乎看出他的犹疑，再次回复道：唯有杀死"她"，才能拯救你要守护的人。

凌觉的呼吸骤然急促，头痛得快要裂开。手指在屏幕上急速输入：还有别的办法吗？

发出这个问题后，凌觉等了好久，久到屏幕的光归于暗淡，久到深夜的寂静将他吞噬。

屏幕猛地一亮，跃出四个字：别无他法！

他的心猛然下沉，直坠深谷。杀死宣悦……这个方案怎么听都觉得荒唐不堪。

徐亨利解释道：我曾经做过一个案例，正是用这个办法成功消灭了第二重人格。

我不能这样做。

你担心会伤到宣愉？徐亨利看出了他的疑虑。

是。他坦白回道。既然宣悦是宣愉身体里的第二重人格，那么对宣悦不利就势必会影响到宣愉。

你放心吧，宣愉不会受伤的。具体做法是，通过一些逼真的场景和道具，让第二重人格以为自己真的已经死了，那她以后就不会再出现，宣愉也就能恢复正常。

凌觉松了一口气，如此听来，也并非完全不值得一试。

让我想想吧。发出这几个字后，凌觉只觉得疲惫不堪。他揉了揉太阳穴，思前想后，拨通了季远枫的号码。

"喂。"他倒没想到季远枫如此之快就接起了电话，声音里似乎也没有一丝睡意。

"我找到了方法。"

季远枫一愣："什么方法？"

凌觉一五一十地复述了一遍。他向来是个主意极正的人，决定的事情从来就不需征询他人意见，可现在事关宣愉，他摇摆不定，迫切需要一个能商量的人。而季远枫就是这个唯一的人。

季远枫听完后说道："我认为可行！"声音里的欣喜显而易见。

"你也认为值得一试吗？"凌觉仍然心存疑虑。

"是的。不过具体如何实施还需要从长计议，无论如何不能伤到小愉的身体。"

"既然如此，我会请徐大哥尽快回一趟中国，面谈为好。"

"凌觉，"季远枫严肃道，"这件事，我一定要参与。"

"嗯。"凌觉表示同意，多一个人的力量总是好的。

"另外，我有言在先，如果小愉真能恢复正常，我会用尽一切办法追回她。"

季远枫竟向他宣战？凌觉冷冷道："我不会给你这个机会。"

"呵，我们拭目以待。"

凌觉不爽地挂了电话，他忽然觉得让季远枫帮忙真是一件引狼入室的事情。

两天之后，徐亨利应邀回到中国，凌觉与季远枫和他碰面后，三人将各自掌握的信息悉数共享，最终制订了一个方案：要使宣悦的人格相信自己已死，最好的办法是重现当时真正的宣悦去世时的情形，即重演当时的恐怖袭击案事件。

第八章 峰回路转

1.只要他要求她相信他,她就愿意相信

秋实的一间会议室里,投影仪在幕布上投射出"超级电容"第一阶段研究成果及后续规划,主创眉飞色舞地描述着令人激动的成绩,参会者都露出或欣慰或兴奋的神情。

只有宣愉显得格格不入,心不在焉。她面前摆着一个翻开的笔记本,手上下意识地写着画着,然而主创人究竟说了些什么,她一个字也没有听进去。

"小宣,刚才他说的是什么,你记了吗?"一旁的邓姐凑过来询问,她现在是协助宣愉负责整个项目的副手。

"咦?谁是凌觉?"邓姐瞥见宣愉的本子,讶异地说道。

宣愉猛地回过神来,看见自己竟然在无意识状态下写了满满一页凌觉的名字。她连忙合上本子:"仇人。"

邓姐捂嘴笑道:"他一定欠你很多钱,才让你这么惦记。"

宣愉脸上一热，呵呵笑了两声。是啊，是欠她钱了，她的心可不就最值钱吗？

自从上回在医院门口碰见他和李元婧以来，她已经一个礼拜没有见过他了。刚开始他每天打电话过来宣愉都心情欠佳地掐掉不接，这两天居然连电话都没有了，来来去去只有反复一条消息：你相信我，不是你想的那样。

不是她想的那样，那他倒是说清楚到底是什么情况啊，可偏偏他对此缄口不言，又怎能怪她多想。

会议终于结束，宣愉拿着本子往外走，却被身后一个声音叫住。

"宣小姐。"

宣愉回过头去，叫她的人是"超级电容"项目的企划者，也是第一开发员，之前两个人曾为项目企划书的修改问题有过数次沟通。

"程工，还有什么事吗？"

程工走到宣愉面前站定："没事，就是刚刚发表报告时看你好像有心事，是不是对我的项目还有疑虑？"

"啊，没有没有。"她急忙澄清，"对不起，我这两天精神状态不太好，你们的报告我提前看过，这几个月已经有了不错的进展，一些实验数据也很出色，远远出乎公司的预料。"

程工腼腆地笑笑："过奖了。对了，其实秋实的一位董事对我的实验方法提出过很详细的改善方案，照他的意见调整实验过程后，才得到这些精准的数据，真的很感谢贵公司真诚的帮助。"

宣愉愕然。董事？难道……

"您所说的董事是……"

"一个年轻帅气的小伙，我听他的助手叫他'凌大'。他来过我的实验室三趟，一待就是一整天。"

宣愉心里涌上难以言说的滋味，没想到凌觉在她所不知道的时间里还为她负责的项目花费过如此多的心力。

"对了，今天汇报的报告也是他帮忙修改过的，还听他说过一句'愉愉听见成果报告一定会很开心'。他是指宣小姐你吧？我猜是宣小姐委托凌董事关照我们的。你对我们项目帮助太大了，所以今天无论如何想当面向你致谢。"

呃……面对程工真诚的脸，宣愉略略尴尬，真的不是她委托的啊……

"程工您别客气，这个项目若能成功对我们双方都是好事，我们一定会竭尽全力。"

宣愉只觉得阴霾多日的心有了一种拨云见日的明朗，以凌觉高冷的性子，会主动帮助程工改进实验的原因只有一个——

当然是为了她。他默默付出这么多，不过是为了让她第一个经手的项目能顺利一些，让她在听见项目进展时能开心一些。

又说了几句冠冕堂皇的寒暄语，宣愉迫不及待地回到办公室收拾东西，打算在第一时间赶回家里。

说不定，凌觉会在楼下等她。她不打算继续跟他闹别扭了，她愿意听他解释。或者，就算凌觉并无解释，只要他要求她相信他，她就愿意相信。不管他究竟为何守口如瓶，背后的原因一定都是为了她好。

从这一刻起，她万分笃定。

宣愉回到家后，没有在楼下见到凌觉，不禁有些失落。

被动的等待总是煎熬，要不，她主动去找他好了？不行不行，他毕竟以工作为借口背着她去找别的女孩子，就算她相信他，他也总该拿出认错的态度来。

叮咚。

就在宣愉内心天人交战的时候，家里门铃响起。

莫非是凌觉？

她一个激灵从沙发上弹起来，深呼吸几次努力平复心跳，还刻意板下脸来，才慢吞吞打开了门。

"你好。"

宣愉愣住。眼前站着一个妆容精致的中年女子，看状态不过四十来岁，可气质里却有一番历经岁月沧桑后的雍容，让她猜不透来者的年龄和身份。

"你是宣愉吗？"她居然知道她的名字。

宣愉又愣了愣："请问您是……"

"我是凌觉的母亲。"

宣愉彻底石化——凌觉的母亲怎么会来她家？

"啊，伯母，快请进。"

女子神色淡淡，说道："你叫我凌夫人就好。"

拒人于千里的冰冷，宣愉是听得懂的。出于尊重她顺从地点点头："凌夫人，您请坐吧。"

凌夫人在沙发上坐下，宣愉给她泡了一杯茶后，坐在她旁边的单人座上，问道："您今天找我有什么事吗？"

凌夫人端起茶杯小啜一口，眉心微皱，似乎对茶水品质不太满意。放下茶杯后才缓缓说道："我听小觉的朋友说，小觉最近跟你关系不错。"

"这……"宣愉心里打鼓，不知该如何回话。"关系不错"这个定义，好像跟谈恋爱相去甚远啊。

"我家小觉从来没跟女生相处过，单纯，冲动，容易做出一些头脑发热的决定。这一点宣小姐应该能理解吧？"

"抱歉……我不太懂您的意思。"

凌夫人注视着宣愉，似乎想将她的心思看透。

宣愉头皮发麻，她曾听凌觉说过这位母亲大人心思深沉、精于城府，自己这个小丫头片子实在不是猜哑谜的能手，索性把话挑明。

"凌夫人，您有话直说吧，相信您来是为了凌觉。"

凌夫人轻轻一笑，缓缓开口道："我听说，小觉为了你打算拒绝美国公司对他个人实验室的投资，坚持留在国内。"

宣愉心中一颤，她不记得凌觉告诉过她这件事。

"我……并不知道……"

"哦？可是小觉的朋友说他告诉过你，还请你帮忙劝劝小觉。"

"告诉过我？谁？"

"许晨一。"

许晨一……他什么时候告诉过她？宣愉努力地回想，脑海中似乎隐约闪现某些场景的影子，可细细探究，又什么都想不起来。

她的头突然开始爆裂般疼痛。

"宣小姐，成立一家大型个人实验室是小觉的梦想，你不应该自私地要求他留在国内。如果你愿意，等你毕业我可以送你去美国深造，到时你们不就又可以在一起了吗？"

宣愉弓身捂住头，额前冒出细细密密的汗珠。

凌夫人看出她状态不对，问道："宣小姐，你怎么了？"

"我……头好疼……"

"要不要帮你叫救护车？"

话音刚落，宣愉家的门铃急促地响起来，还能听见外面传来的呼唤："愉愉，你在家吗？开门。"

是凌觉。

宣愉打算拖着身体去开门，凌夫人按住她："你别动，我去。"

门很快被打开，紧接着传来凌觉暴怒的声音："你来干什么？"

凌夫人仍旧淡然:"有点儿事找宣小姐聊一聊,但她好像身体不太舒服。"

凌觉闻言立即走到沙发边,把宣愉抱进怀里,担忧地询问:"愉愉,头又疼了吗?"

宣愉忍痛握住凌觉的手臂,艰难地答道:"凌觉……我好像……忘了什么事……"

凌觉收紧了拥抱的力度,一只手绕过她的肩遮住她的眼睛,不让她再去回想。

"没有,你什么都没忘。"

"可是凌夫人说……"

凌觉朝他的母亲下了逐客令:"你快走吧,我的事不用你操心。"

凌夫人深深叹了一口气:"小觉,我是为你好。"然后不再多言,转身离开了。

凌夫人走后,宣愉的头痛渐渐平复。凌觉给她吃了一粒安神的药,把她抱到床上休息。

"凌觉,"宣愉抓住正要起身的凌觉的手,"我最近的身体好像很奇怪。医生真的说我没问题吗?你别瞒着我。"

"看你,又胡思乱想了。你只是最近太累。"

"唉,是啊,整天琢磨你和李元婧到底是什么关系,真的很累。"她自嘲地笑笑。

他反握住她的手,一字一句坚定地道:"愉愉,你相信我,除了你,不会有别人。"

凌觉极少说这样露骨的甜言蜜语,惹得宣愉脸上发烫,羞涩地缩进了被子里。

"我就在这里陪着你,安心睡吧。"他轻抚她的额头。

"嗯。"

睡意越来越浓,她听着让她安心的声音,渐渐坠入梦乡。

2.愉愉,我一定会救你

一觉醒来已是第二天,宣愉听见厨房传来一阵点火烹饪的声音。

她蹑手蹑脚走过去,就看见凌觉正在聚精会神地煎着鸡蛋。宣愉用眼光温柔地注视着凌觉的背影,感受到从未有过的温暖与安心。

凌觉片刻后把爱心鸡蛋放入桌上的盘子里,而盘子里已经盛放着两片煎好的午餐肉,一份简单的早餐看起来甚是诱人。

"咕噜……"这么一想的时候,肚子已经不争气地发出令人尴尬的声音。

凌觉回过头来,笑道:"小馋猫,时机掌握得很好啊,快来。"

宣愉激动地蹿到餐桌旁,很快就把一份早餐吃光,心里默默赞道:大神做的食物果然不同凡响,太美味了!

凌觉又给她倒了一杯牛奶,看着她喝光后才正色道:"愉愉,我有件事想跟你商量。"

"喊,就知道你无事献殷勤。说吧,什么事?"宣愉好心情地不与他计较。

"我想去一趟美国。"

"咦?"

"美国有两家公司想投资我设立实验室。"

"哦……是啊……昨天听你母亲提过。"

凌觉似乎有一丝惊讶:"昨天的事,你记得?"

宣愉觉得奇怪:"当然记得啊,你母亲希望你接受投资去美国。"她顿了顿,观察着他的脸色小心问道,"你拒绝了?"

他浅笑吟吟回望着她:"嗯,拒绝了。"

"……决定了吗？"

"是。"

她静静凝视着他的眼睛，从他眼里看见了不容置疑的坚持。于是决定不再追问理由。

"那，为什么还要去一趟美国？"

"……虽然我已经在电话里拒绝了，但对方始终没有放弃，因此我打算当面说明我的立场，并感谢对方给予的厚爱。"

原来是这样。

宣愉点头道："那你什么时候去啊，去几天？"

"不是我，是我们。"

"啊？"

"愉愉，"凌觉握住她的手，"其实，我想跟你说的是，你能不能陪我一起去？"

宣愉意外地睁大了眼睛。可是看凌觉神情认真，一点儿都不像开玩笑的样子。

她咯咯笑起来："你就这么舍不得我，非要把我带在身边？"

凌觉嘴硬地不肯承认："我英语不好，需要你给我当翻译。"

她半眯着眼睛瞅他，才不相信他的说辞。他用英文写的论文她又不是没看过，他在美国获奖时的发言她又不是没听过，说自己英文不好，谁信啊？

不过，提到去美国，不知为何宣愉本能地有些排斥。上次为了追凌觉而登上去美国的班机，她也是丝毫不想多做停留，连夜又飞回了北京。

凌觉见宣愉没有答应，投降一般微微叹道："好吧，我承认。"

她一愣："什么？"

"我承认我舍不得你，所以希望你能每天都在我身边。"

凌觉凝视着宣愉,他的眼睛似乎有一种魔力,要把她拖进他的整个灵魂。

宣愉几乎要醉倒在他的目光中,对他的话语更是毫无抵抗力,唯有举双手缴械,心甘情愿地从了。

两个人商议好一个礼拜后的出发时间后,宣愉忽然想到什么,坐直了身体正色道:"我也有话想跟你说。"

"什么?"凌觉稍稍俯身,侧耳聆听。

"昨天……凌夫人,不是来找过我吗?"

"嗯?"凌觉眉峰微扬,"凌夫人?"

"就是你母亲啦,她让我称她凌夫人。"

他有些不屑:"她就那样,永远端着一副大家名媛的架子。还有,不管她跟你说了什么,你都别放在心上,那些都是她的观点,不是我的想法。"

凌觉言语中流露出强烈不满。

"我觉得……凌夫人并不像你所描述的那样啊。一开始,我以为她会像电视剧里那样,抬出凌家身份多么高贵,而我多么来路不明,因此配不上你,更加不能缠着你什么的。"

"愉愉!我不许你这么说。"他皱眉道,"我并不需要依靠父母生活,她立的那些规矩干涉不了我。"

她轻抚着他的手说道:"你听我说完啦,你看,你也以为她会拿出很多规矩对不对?"

"不然呢?"

宣愉摇头:"那些说辞,她一句也没说,她只是说,设立一间具备规模的实验室是你的梦想。"

凌觉似乎稍感意外,但很快又沉下脸色:"然后呢?以为逼你离开我就能去美国追求我的梦想了?她根本不在乎我的想法。"

宣愉微微笑道:"你又猜错了哦。她说你可以先去美国,等我一年后毕业,再送我去深造,跟你团聚。"

凌觉愕然。

"从头到尾,她都没想过破坏我们的关系。"宣愉叹息一声,"我忽然觉得,她只是一个生性骄傲,却又不知该如何跟自己叛逆儿子相处的母亲。"

凌觉不由得沉默。

"啊,对不起,其实我并不太了解你的父母,不应该妄下评判的,我只是出于一个女孩的直觉,你别生气。"

"愉愉……"凌觉一把拉过宣愉,把她放在自己腿上坐好,手臂紧紧圈着她,下巴正好搁在她肩上。灼热的体温和亲密的距离顿时让宣愉满脸通红,幸好他埋着头,才不会看见她像番茄一样的脸色。

"你愿意听我讲讲我的父母吗?"

"嗯。"她轻轻点头。

"我母亲沈微出身于一个传统的大家庭,从小便受到极为严苛的教育,任何事都以家族利益为先,从来没有自己的想法。那种家庭理念,跟中国古代的氏族并没有什么不同。沈家一向高高在上,自命不凡,原本是不屑与商界中人往来。谁知道二十多年前沈家不慎一朝式微,最终不得不靠与凌家联姻来保住自身的优越生活。当时沈家派出的联姻筹码就是我母亲。"

讲到这里,凌觉多少显得有点无可奈何。

"没想到……"宣愉惊得下巴都快掉了,家族联姻什么的,这才是真正的电视剧设定啊!

"这种联姻能有多少感情?印象中母亲一直是那种高傲而寡淡的样子,父亲也彬彬有礼,不苟言笑。在这种氛围下,父亲会跟徐迎生下我也就不奇怪了。"

听见他的自苦之言，宣愉的心狠狠一抽，急忙抬手环住他的脖子，柔声道："以后我们不会这样的。"

凌觉闻言身体一僵，紧接着抱住她的手臂越收越紧，似乎要将她揉进自己的身体里。

他呢喃："愉愉……我一定……"

"什么？"宣愉没有听清。

凌觉却不回答，只是把头埋在她肩上，深深呼吸着来自她身上的气息。

愉愉，我一定会救你，绝不会让你离开我。我发誓。

3.季远枫为什么在这儿，凌觉还瞒着她跟他见面

一周后。

宣愉安排好秋实的工作，又向学校辅导员请了假，然后跟着凌觉踏上了前往美国的征程。

走出旧金山机场的那一刻，阳光刺眼，秋风寒瑟。宣愉一个恍惚身子一歪，凌觉连忙扶住了她。

"不舒服吗？"凌觉担忧道。

"没事……"宣愉甩甩头。不知为何，当她见到机场外景象的瞬间，脑子里像淌过一道酥麻的电流，连手脚也一时不听使唤了。

"我们先回酒店休息。"

凌觉预订的酒店位于旧金山一片旧城区，是一所两室一厅的套房。宣愉把行李放进自己的房间，推开窗户打算换换新鲜空气，谁知——

当窗外风光映入眼帘时，异样的感觉再次出现了。脑中闪过一道电流，眼前的景象似乎也模糊扭曲起来。她后退两步坐在床上，双手抱住了头。

凌觉顿感不对，立马朝宣愉跑去。

"愉愉，"凌觉连忙走进房间，在她面前半蹲下来，扶住她的肩膀，"又头痛了吗？"

"不是……就是觉得有点儿晕……"

虽然之前有过数次头痛的经历，但这样的眩晕还是第一次。

"先躺下休息一会儿。"

"等等。"她抓住他的手腕，"凌觉，刚才我看见窗外，这一片区域似乎……就是我小时候生活过的地方。"

凌觉闻言一愣，不自觉地别开了眼："是吗？这么巧。"

"其实，我脑海里一直对小时候的生活场景有些模糊，但刚刚似乎想起来一些。"

他回握住她的手："你身体不舒服，先休息一会儿吧，别想那么多了。"

"嗯，好。"眩晕的感觉犹在，她也实在有些撑不住，依言躺在了床上，"等我们倒过时差来，你就带我去你说过的那条老街逛逛啊。"

在飞往美国的航班上，凌觉就向她描绘过旧金山一条颇具特色的老街，他说他上次来美国领奖时曾路过那里，对那条街印象深刻，一定要带她去看看。

凌觉用力捏了捏她的手，算作回应。

沉沉睡了一觉，在梦里，许多已经遗忘的童年记忆纷至沓来，宣愉总觉得自己抓到些碎片；然而当她醒来时，记忆的匣子似乎又关闭了。她努力想了想，却记不起刚刚梦见了什么。

但好在，眩晕的感觉消失了。

她蹑手蹑脚走到卧室门口，轻轻打开门向外看去。

客厅里，凌觉侧对着她坐在沙发上，手机的光打在他脸上，他的眉头微微拧起，看上去像碰到了什么难事。

莫非是那两家美国公司又有什么新的说辞？

宣愉走过去，在他身旁坐下。她并没有想去看他的手机，然而他却条件反射一般迅速关掉了手机屏幕，放在了沙发另一侧。

"你怎么起来了？"

他的警惕让宣愉一愣，但当下也没有多想，只是说道："是不是美国公司那边发生了什么事？"

"没什么。"他言辞闪烁，也不敢看她的眼睛，只是直直盯着面前的茶几。

那上面，放着一杯橙色的鲜榨果汁。

看他的神情，仿佛有什么话堵在心头，却又一再犹疑。

"这橙汁是给我的吗？"

凌觉这才转过来看向她，轻轻地、艰难地点了点头。

"正好呢，睡醒了口渴。"她开心地捧起杯子，正要往嘴边放——

"愉愉！"凌觉却突然扣住了她的手腕。

她狐疑地看着他，看见他眼里星星点点的光芒明了又暗，最终说道："你刚睡醒，别喝太急。"

她笑着颔首。

来美国已经几天，宣愉的身体状况却一直不佳，一天中有大半的时间都在睡觉。即使醒着也觉得头脑昏沉，完全出不了门。

这种情况下，凌觉只能独自出去与那两家公司会面。

又是一天下午，宣愉依旧躺在床上熟睡。

凌觉走到她房里，在她床边坐下，幽深的目光紧紧笼罩着她的睡颜。

"愉愉……"他轻轻抚上她的额头,把她的额发一丝一丝捋顺。那样温柔的手法,让她即使在睡梦中也不禁睫毛颤动。

"你会不会怪我?"他的声音听起来沉痛万分,究竟是什么事能让一向坚强的他变得如此脆弱?

久久无声。

最终,只闻一声叹息,他便站起了身;可刚往外走了两步,又回头重新为她掖了掖被子,还在她额头印下一吻。

当听见凌觉关门离去的声音时,宣愉缓缓睁开了眼。

她面色平静,目光中却透出一丝决绝。

是的,今天的她并没有真的睡着,因为今天他给她准备的果汁……她一口也没喝。

宣愉迅速套上大衣,悄悄追在凌觉身后走了出去。

原本担心凌觉会乘车离开,好在他只是双手插在大衣兜里,默默地往前走。

或许是陷入什么心事,他那样警觉的人,竟然完全没有注意到身后的动静。

宣愉跟在他身后,穿过两个街区,往老城区深处而去。周围逐渐出现一些老式的木房子,她越来越觉得,这里就是她小时候生活过的区域。

这么多年过去,四周的环境几乎没有任何变化,只要再拐个弯,应该就到了她养父母的家——

刚一转弯,凌觉在一间木屋前站住了。宣愉连忙躲在拐角的围墙后,确认他并没有回头看,才慢慢探出头去。

然后,她惊讶地瞪大了双眼。因为,这间木屋竟然真的就是她养父母的房子。并且,不一会儿一道人影从房子内走出,站在了凌觉对面。她一眼便认出,那个人居然是季远枫!

这是怎么回事?

季远枫为什么会出现在这里,凌觉还瞒着自己跟他见面?

宣愉的心脏剧烈地跳动起来,胸口大幅起伏,咽喉犹如被掐住一般,几乎窒息。

她听不见凌觉与季远枫说了些什么,只见凌觉突然浑身绷紧,摆出一个攻击的姿势;而季远枫毫不示弱,下一秒,凌觉已经一拳挥上了季远枫的脸。

季远枫吃痛,往后退了两步,脸上立时出现了一团红肿。但他依旧眼神坚定,似乎又说了两句刺激凌觉的话,眼看凌觉就要挥出第二拳。

"不要!"宣愉在心里呐喊,脚步也已经下意识地跨前一步;却见木屋里又有一人疾步走出,挡在了凌觉与季远枫之间。

待看清那个人是谁,宣愉再次倒吸一口气,惊讶得捂住了嘴。

这一次,出来的人竟然是徐亨利。

虽然仅有一面之缘,但在三亚碰见的那次,她就本能地害怕他。尤其是他那双犀利的眼睛,似乎能在她身上掘出几个窟窿,让她只想躲开他永不再见。

他为什么也会在这里?他们三个聚在一起究竟想做什么?

不多时,徐亨利领着凌觉与季远枫走进了屋子里,消失在她的视线中。

宣愉靠在墙上大口喘气,只觉得气血在身体里横冲直撞,一股凛冽而尖锐的气息直冲脑门。

她撑不住身体,不得不沿着墙面下滑,最终坐在了地上。

他们……为什么……

两行热泪夺眶而出,宣愉死死按住自己的胸口,这一刻体会到了什么叫痛彻心扉。

"凌觉……为什么……你这么对我……"

在路过的几名行人奇异的目光中，宣愉崩溃地大吼一声，低头抱住膝盖，哭得声嘶力竭。

4.每天给她使用精神控制类药物，他觉得自己罪大恶极

曾经居住着宣愉养父母的这间木屋里，大多数家具上都罩着白色的防尘罩，只有餐桌和三只凳子是特意被人打扫过的。

凌觉面色冰冷，如果目光真能杀人的话，季远枫恐怕已经被凌迟而死。

季远枫却毫不在意凌觉的态度，他神色轻松，只轻轻揉拭着脸上的伤痕。

徐亨利无奈道："都什么时候了，你们还闹内讧，幼不幼稚？"

季远枫瞥了凌觉一眼，轻笑一声："这所小愉生活过的房子，凌觉本来打算买下来，没想到被我捷足先登，他怎么会不生气呢？换了我，恐怕还不止一拳这么简单。"

凌觉冷冷盯着季远枫，不屑道："愉愉是我女朋友，收起你的小动作吧，没用的。"

"呵呵，真没用的话，你干吗那么气急败坏？"

"你……"

"够了！"徐亨利低喝道，"我们的方案明天就要执行，成功的关键在于我们能否精诚配合。如果你们还继续闹矛盾，那我现在就取消明天的行动，否则稍有不慎反而会害了宣愉。你们还是想清楚再说吧。"说完抬脚就向门口走去。

"等等！"

几乎是同一时间，凌觉和季远枫挡在了徐亨利身前，拦住了他。

徐亨利半是苦恼半是好笑:"这会儿你们倒挺有默契。"

两个人对视一眼,为了宣愉,他们也只好暂时休战。

重新回到餐桌旁坐好,开始了今天的会议。

徐亨利首先陈述了自己负责的部分,他取出一张地图铺开:"当年发生恐怖袭击时,宣愉正跟着姐姐走在放学回家的路上,出事地点就是这片街区离此处仅一街之隔的路口。"

在地图上圈出一个红色圆圈后,他接着说道:"两个匪徒当时拿着枪冲过来,把这一片的行人全都赶进了旁边的一家金店,宣愉和她姐姐也在其中。就是这里。"

他在地图上点出金店所在,"匪徒以金店里所有人质为筹码,要求政府释放一名因之前的恐怖行动而被捕的头领。在双方僵持时政府假意同意放人,其实悄悄派了一支飞虎队从后方潜入。很快其中一名匪徒被控制,另一名匪徒见同伴落网恼羞成怒,于是端起枪随手朝人群扣下了扳机。"

徐亨利向两个人解释,"虽然下一秒这名匪徒就被击毙,但他开的那枪正中一名人质的心脏,使人质当场死亡。这个死亡的人质就是宣悦,那一枪本该打中的是她妹妹,她挡在了宣愉身前。"

听徐亨利描述完当时的情景,凌觉和季远枫都面色凝重,各自默然。

徐亨利看了一眼两个人的脸色,继续道:"明天我已经安排好,把这个路口的四面通道都封锁起来,能进入的人都是我雇来的演员。至于两名关键的匪徒,我找了美剧里经常露脸的专业演员,不过到时戴着头套,宣愉不会认出来的。"

你们一定要记得:"明天季远枫就跟着我,负责帮我协调人员和控制时间。至于小觉,你就负责定时定点地把宣愉带到即可。"

两个人郑重点头。

"小觉，这几天的安神药，都给宣愉吃了吗？"

徐亨利的话如一把利刃划过凌觉心口。安神药是徐亨利给他的，目的是防止宣悦的人格受到熟悉环境的刺激提前觉醒，影响他们的计划。然而每天给她使用精神控制类药物，他已经觉得自己罪大恶极，愧疚难当。

"吃了。"凌觉抬手揉了揉自己突突跳动的太阳穴。

"很好，到今天为止剂量正好足够。那明天就不用给她吃了，我会安排我的助手扮成其中一名人质，在现场给她一个精神暗示，让宣悦出现在她该出现的时刻。"

"对了，还有一件重要道具。"徐亨利拿起放在地上的袋子，取出一件女士大衣递给凌觉，"这件大衣夹层里有几包血袋，还装了感应器，只要道具枪一被扣响，血袋就会立即破开，从胸口和腹部渗出，到时宣悦想不死都难。"

徐亨利比画出一个开枪的手势，脸上露出一种难掩的兴奋，就好像这个方案势必会成功，势必将在他职业生涯里增添又一个经典案例。

这样的态度，让凌觉极不舒服。

刚开始徐亨利拿出这个方案时，他确实感到宣愉有救了。来美国的这几天，凌觉每天都趁宣愉服药后熟睡的时间出来跟徐亨利和季远枫碰面，徐亨利每次提到宣愉时都像仅仅在说一个物件，一个病例，一个可以任他控制、任他处理的玩具。

凌觉无法保证徐亨利的方案万无一失。

把自己心爱的人交到一个完全不把她当人看待的人手里，真的是为她好吗？

他不禁迷惑了。

凌觉回到酒店，径直推开宣愉的房门。

她双眼紧闭，依然在熟睡。那张白净无瑕的脸上，两扇睫毛投下的两道阴影微微颤动着，嘴唇也轻轻抿起，仿佛正陷入一个不太美好的梦境。

"愉愉……"凌觉疲惫地一叹，一只手温柔地抚上她的脸，小心翼翼地捧在手心。

宣愉也许听见了他的呼唤，缓缓睁开了眼睛。

"凌觉？"她甩了甩头，似乎想努力摆脱昏沉的感觉，"我又睡了一天，对不起啊，本来想陪你去那两家公司的。"

"没关系，已经顺利解决了。"

"真的？"她眨了眨眼，眼角欣喜地弯了起来，"太好了，总算不虚此行。那明天……你是不是能带我去逛你提过的老街了？"

凌觉眼里的光忽明忽暗，看着宣愉期待的眼神，他真的心生不忍。

"……不如，我们明天回北京吧。"

"啊？"宣愉惊讶地坐起来，抗议道，"难得来一趟美国，我连门都没出过就要回去啦？你不会这么残忍吧，呜呜呜。"

她用手捂住眼睛假装要哭了，却又透过指缝偷偷瞧他，片刻后忍不住笑了起来。

这副可爱的样子，凌觉拿她毫无办法。

"你是不是担心我的身体？我没事了，现在精神很好啊。去吧去吧，明天就去。"她拉着他的手，把他的胳膊悠来荡去。

最终，凌觉艰难地点了点头。

宣愉十分满意，乐呵呵地笑了。眼尖的她发现凌觉放在脚边的袋子，问道："这是什么？"

凌觉默然不答。

她觉得奇怪，伸手一探抓拿过袋子，取出了里面的衣服。这是一件白色羊绒大衣，质地上乘，裁剪一流，看起来十分养眼。

她眼睛一亮："这是给我的？"跟着迫不及待地套在身上，站在穿衣镜前臭美地说："我家大神眼光真好！完全衬托出了我的美貌，哈哈哈哈。"

凌觉凝视着她的笑颜，看似平静的眼波背后藏着一片翻江倒海。

如果可以，他真希望明天永不到来。

5."凌觉，我可以相信你吗？"

一夜未眠。

第二天一大早，宣愉向酒店厨房要了芝士、面包、牛奶以及一些水果，在套房的小厨房里一通鼓捣。

待做好简易的早餐后，她敲响了凌觉的房门："起来吃早餐啦！"

门很快打开，宣愉吓了一跳。对比她今天的容光焕发，凌觉却像她前几天那样萎靡不振，整个人都裹在一团阴云中。

"你是不是没休息好？要不再去睡会儿？"

他无言地摇了摇头。

宣愉捧出刚刚藏在身后的餐盘："我做了早餐，要不要吃点儿？"

话音一落，她又看见了凌觉眼里那种她看不懂的目光。

"好。"他接过盘子，走到餐桌旁，拉开椅子对她说，"坐下一起吃吧。"

吃完早餐后，凌觉的气色似乎也好了些。

宣愉又把他推到浴室洗漱，待他整理完毕出来时，她已经穿上昨天他送的大衣，然后生拉硬拽地拖着他出了门。

两个人手牵着手，沿着古朴的街道缓步而行。

"这里其实是旧金山的中心地段呢，我小时候，其实就生活在这片街区。"

宣愉打开了话匣子，"这么多年过去，四周环境一点儿都没变，这些摇摇欲坠的老房子还住着人呢，要是换了国内，早就拆迁建新房，大变样了。我刚回国时，曾去找过小时候生活的孤儿院，可是那一片居然已经变成了商业中心。"

凌觉用力握了握她的手："你想找的话，等我们回去，一定找得到。"

她摇摇头："不用不用，我是想说，生活总在向前发展，人也总是会成长的。孤儿院的小伙伴们一定各自都有了新的人生，我只要在心里默默祝福大家就好。"

"……嗯。"

拐过一个弯，眼前出现一条弯弯曲曲的小巷子。

宣愉激动地拽住了凌觉的胳膊："就是这里就是这里，我和姐姐上学时经常在这条巷子里追逐嬉戏，姐姐个头儿比我高，跑得也快，但她经常故意放慢脚步等着我追上她，然后我俩轮换，她又故意慢悠悠地在后面老追不上我，呵呵。"

说起姐姐时，宣愉脸上挂着温暖的笑容，似乎沉醉在以往快乐的回忆里。

她继续为凌觉讲述她和姐姐从前的故事。

"我们刚到美国时不会说英语，养父母把我们送到语言学校，姐姐比我聪明，总是她先学会了，再耐心地教我。"

"还有啊，姐姐不到半年就通过了语言学校的测验去上小学了，但我足足学了一年，那时候她每天放学都会绕路来语言学校接我。"

又往前走了一段，宣愉越说越眉飞色舞："凌觉，前面不远就是我养父母的房子,我们去看看好不好?"

"好。"

她带着他走到一栋小小的木制房屋前,外墙表面的油漆已经开始泛黑,看起来应该很长时间没有人打理它了。

宣愉吐吐舌头:"我回国前本来想把它卖掉,可是赶上美国经济危机没人接手,后来只好低价卖给了市政府。"

"该不会直到现在都没人买吧?"不过她很快想到,"也不对啊,如果房子还在贩售,门口应该挂着'Sale(出售)'的牌子才对。"

凌觉上前几步,抬手敲了敲门:"有人在吗?"

她急忙拉了拉他:"喂,你怎么还真敲门啊?"

他微微一笑:"我想带你进去看看。"

屋内无人回应,凌觉试着转动门把手,门居然没锁,"吱呀"一声打开了。

宣愉下意识地呆了呆。

"走。"凌觉牵着她走进门,伸手按开了墙上的电灯开关。

只见空无一人的屋内落着厚厚的灰尘,家具全都用防尘布盖着,一看就确知长时间无人居住。

宣愉惊讶地说道:"天哪,这些防尘罩,都是我罩上的!想不到这么多年还一动未动。"

但她也发现一些不同:"咦,地上怎么有一些脚印?还有餐桌这里的防尘罩,好像跟我摆的不太一样。"

"……可能是有房产经纪带客户来看过房子。"他淡淡答道。

"嗯,应该是吧。"她并未多想。

乍然回到曾经生活过多年的家,她的声音里蕴含着一丝掩藏不住的激动:"这里是客厅,不过我和姐姐很少待在客厅里。"

她又拽着凌觉去看她和姐姐的卧室，小小的房间内摆着一张分成上下层的木床："本来应该我睡上铺的，可是姐姐怕我半夜摔下来，所以把下铺让给了我。"

"隔壁那间大一点儿的卧室是养父母的，还有这里……"两个卧房之间还有一扇小门，看尺寸成年人很难从中通过。

宣愉推开门，里面是一间没有窗户的储物间。

她的脸色突然发白，眼眸里的景象也被一层水汽模糊住了："养父去世后，每当养母酗酒发狂，姐姐都带我躲在里面。那段日子太可怕了，如果没有姐姐，我根本活不下去。"

她宣愉下意识地向后退了退。

陷入童年那段黑暗的回忆里，双手不禁捂住脸，害怕自己真的会哭出来。

突然间，手腕被一道力量一拉，把她拉入了一个温暖的怀抱。凌觉双手紧紧环绕着她："愉愉，别怕，你还有我。"

她抬起头，用含泪的双眼望着他："凌觉，我可以相信你吗？"

凌觉的心狠狠一抽，再也控制不住，低下头，用力吻上了她的唇。

从养父母的家里出来，又四处散了会儿步，宣愉的心情已经焕然一新，她又央着凌觉带她去他说过的那条老街。

凌觉依旧是那副她看不懂的样子，神色严肃，眉眼间似乎还掩藏着微微的不忍。

系统默认的手机铃声突然响起来，宣愉一听就知道是凌觉的。

"你怎么不接啊？"

他闻言似乎才反应过来，看了一眼来电显示后接起："……我知道了。"

挂掉电话后，凌觉像是终于下定决心一般，看着她的眼睛缓缓说道："走吧，我带你去。"

"好。"她微笑点头。

于是，他牵着她，一步一步，走向这趟美国之行的最终目的地。

第九章

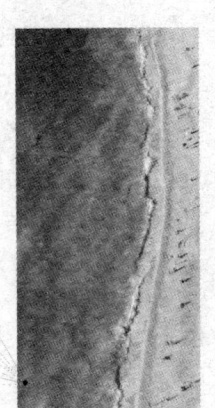

凌觉所说的老街离养父母的房子并不远,只隔着一条街而已。

走到街口,宣愉一看就明白了,这是一条历史悠久的商业步行街,她以前放学时经常和姐姐穿过这条街回家。

"哈哈,原来你说的是这里。"

宣愉很开心,凌觉却似心不在焉,眼光四下飘忽,也不知在看什么。

她指着街边的金店说道:"你看,街口这家金店已经有上百年历史了,我记得店主是一对老夫妻,也不知道现在身体怎么样。"

牵着她的手微微一僵:"……愉愉,你有没有想起来什么?"

"嗯?"宣愉正要回答——

"啊——"不知从何处传来一声尖叫,紧接着人群骚乱起来,在路口穿梭狂奔。

宣愉完全不明白发生了什么，放眼望去，远远看见两个戴着头套的人正在凶狠地喊着什么，而他们手上都端着黝黑的机枪！

匪徒用枪驱赶着人群移动，很快宣愉和凌觉就被聚集的人流包围，推挤着他们也不得不往一个方向挪动。

"愉愉！"凌觉死死抱住宣愉，尽力避免她被人挤到，渐渐地，他们随人流一起被匪徒赶进了路口的这家金店里。

刚一进店，其中一个匪徒就反锁上了大门；另一个匪徒用英语大喊一声："蹲下！"跟着朝天花板突突放了两枪。顶灯应声而落，哗啦碎了一地。

店里所有人质都吓得抱头蹲下，有胆子小的女性已经忍不住哭了起来。

凌觉护着宣愉，把她拥在怀里，然而匪徒强迫人质按男女性别分成两列。

有一对小情侣不愿意分开，匪徒二话不说抓起女孩，用枪狠狠抵住她的头，瞪着眼大骂了几句。

女孩哭得声嘶力竭，颤巍巍伸出一只手，中指扣在食指上形成一个奇怪的手势，方向却并不是朝着她男朋友，而是朝着宣愉。

凌觉心中一凛，低头一看宣愉，见她的脸刹那间失去血色，瞳孔也涣散开来，双眼顿时无神。

在匪徒的强制下，男女人质各蹲在一旁，凌觉也只好放开了宣愉。

匪徒手中的女孩依旧在哭，匪徒似乎觉得烦躁不堪，大吼一声："Shut up（住嘴）！"便抵住女孩的腰扣下了扳机。

"砰——"

一声巨响过后，女孩身体一僵，大片的血从她的后背腹部涌出，她脸上仍挂着不敢置信的表情，睁着眼倒了下去。

眼见出了人命，所有人质都吓得魂飞魄散。

匪徒把女孩的身体往前一抛，女孩便正好趴在了宣愉身前。

鲜血无穷无尽地继续往外涌，在地上蜿蜒爬行，一直淌到了宣愉的脚边。

凌觉看见，宣愉的眼睛死死盯着地上的鲜血，身躯微微颤动，片刻后脸上原本惊恐的神情突变，化作一片漠然的冰冷。

他知道，宣悦出现了。

不多时，另外一个匪徒接了个电话，不知他听见了什么，用英语破口大骂，还威胁道："信不信我现在就处死人质！"

摔掉电话后，他向同伙吩咐了一声，刚刚杀死一个女孩的匪徒再次端起了枪。

这一次，他的枪口对准的人，是宣愉。

"You! Come here!（你！过来！）"他指示宣愉上前两步。

其他人质望着宣愉，脸上露出既恐惧又悲悯的神情。

宣愉却面色平静、无波无澜，站起身，平视着匪徒，缓缓向前移动了两步。

"You gonna die!（你去死吧！）"

凌觉的世界在这一刻失去了颜色，只剩下寂静的黑白。

枪已上膛，匪徒的手指勾住了扳机——只待轻轻扣下，宣悦的人格就会被假弹击中，而她身上的大衣夹层里藏着的血袋会应声破损。只要做完这最后一步，宣悦的人格必死无疑。

匪徒扣下扳机明明只需一瞬，可在凌觉的眼里却似被无限放慢。他想起他和宣愉刚在一起的那天，她第一次向他讲起姐姐宣悦，她说没有宣悦就不会有现在的她；她还说，如果没有姐姐的保护，她根本无法在这个冷漠的世界活下去；还有刚刚他们在宣愉养父母家里时，她流着泪问他："我可以相信你吗？"

所有的回忆瞬间涌现在他的脑海里。

凌觉忽然无法想象——假如计划成功，宣愉便会知道宣悦已死的事实，她该如何承受这样的锥心之痛？他怎么忍心让最爱的人再一次尝到失去亲人的痛苦，这和自己亲手把刀插进她的心窝有何区别？

所有念头汇聚在一起，形成一个无比清晰的决心。

刹那之间，身体已经本能地扑出。

砰！

枪响的瞬间，凌觉抱住了宣愉，摔倒在地。

现场所有人都惊呆了。他们收到的剧本好像不是这么演的！

"你在干什么？你疯了吗？"徐亨利气急了，从金店的一根柱子后跑了出来。

季远枫紧随其后。

凌觉回头低吼一声："我爱愉愉，怎么能杀死她最爱的姐姐？"

再也顾不上理他们，他扶着宣愉站起来，担忧地看着她说："你没事吧？"

女孩微微摇头，她的脸上挂着淡然的、似乎洞察一切的微笑。

她说："你好，我是宣悦。"

凌觉愣住，这是他第一次见到宣愉的第二重人格。看起来明明是同一个人，但他分明能感觉到两股截然不同的气息。

"……你好。"对于宣悦的招呼，他不知该如何回答。

一旁的季远枫似乎也被此刻的状况惊到了："你……把小愉怎么样了？"

宣悦看了季远枫一眼，并不搭理他，而是面向凌觉说道："你的确跟他不一样。"

凌觉不明所以。

"坦白说，我早就察觉到你们的真实意图，也知道这件衣服里藏着什么。"

凌觉再次愕然。

徐亨利难以相信:"不可能!如果你知道,又怎么会跟小觉来这里?"

宣悦朝徐亨利轻蔑一笑:"我打算陪你们演完这出戏,等你们自以为成功时再告诉你们,宣愉我从此就带走了,呵呵,让你们尝尝从云端跌入地狱的感觉。"

徐亨利似是受不了权威一落千丈的打击,嘴里喃喃道"不可能、不可能"……

他一边后退一边跌跌撞撞地离开了现场。

凌觉惊慌失措,他只要一想到宣愉从此再不会出现,就觉得眼前阵阵发黑,咽喉也像被利爪紧紧扼住。

"在我的计划里,唯一的意外,是你。"宣悦看向凌觉时,脸上已恢复温柔的表情。

"我完全没有想到,在最后关头你会回护于我。你会这么做的唯一理由是,你真的深爱着宣愉。"

"我……"

"放心吧,我会把属于宣愉最真实的记忆统统还给她。"

"真的?"一阵狂喜涌上心头,但他转念想道,"可愉愉若是知道她姐姐已经去世……"

"呵呵,没关系的,就算她失去了姐姐,可她却有了一个能无条件接纳她、爱她的人,她再也不是孤独一人,不是吗?"

凌觉郑重地点头,许下庄严的承诺:"这一生,绝无转移。"

"宣愉交给你,我万分放心。至于我,从此以后,也不必再出现了。"

说完这句话,宣悦再次露出微笑,朝凌觉挥了挥手:"永别了。"

　　下一秒,她闭上眼,身子一软,凌觉连忙上前拥住了她。

　　原来,不需要任何计划,也没有所谓方法——
　　唯有爱,才是解开一切心结的那把关键的钥匙。

尾声

宣愉

宣愉做了一个很长很长的梦。

在梦里,许许多多错乱的记忆一一归位,她也终于想起来,姐姐在十年前就已因保护她而去世。她怎么可以忘记?

"宣愉。"

恍惚中,她听见有人唤她。抬头一看,宣悦面带微笑站在她对面,一动不动注视着她。

"姐!"她激动地伸出手去,对方也随她一样伸出手来。两个人手掌轻触的瞬间,灰暗而空荡的空间里似乎掠过了什么状如波纹的气流。

宣悦淡淡道:"我不是你的姐姐。"

宣愉失落地低下头,没错,真正的宣悦早在12岁那年就已身亡,哪里会是眼前这个成年人的样子?

"你是谁?"

宣悦轻轻笑了:"我当然是另一个你。"

宣愉感觉到手掌上传来一股暖流,片刻后,她接收到了对面这个宣悦传递给她的信息:

为了逃避姐姐的死亡,为了抵挡养母的虐待,为了反抗校园里因种族歧视而产生的暴力,"她"出现了。"她"活在宣愉体内,活在虚假记忆的背后,并不惜一切代价守护着她。

她们共生了如此长久的时间,她居然一点儿都没有察觉。

宣悦撤回自己的手,依然微笑道:"我该走了。"

宣愉惊慌不已:"你要去哪儿?我们还能再见面吗?"

宣悦郑重地摇了摇头:"从今以后,你不再需要我。今天将是你最后一次见到我,不过,当你醒来后,我的存在你也不必再记得。"

"你……"宣愉着急地想迈出两步抱住她,然而两个人之间犹如被一道透明的水晶墙阻挡,她根本无法跨越。

"再见了,宣愉。"

不再给她说话的机会,宣悦的影像开始逐渐变淡,缓缓透明,最终融入这片灰色空间,消失无踪。

宣愉颓丧地滑坐在地。即便"她"并不是真正的宣悦,然而长久以来"她"代替姐姐陪在她身边,不就如同她的亲人一般吗?

如今连"她"亦远去,在这世上,她真的再也没有一个亲人。

宣愉的心被悲伤填满,两行清泪顺着眼角滑出。

但很快,她感觉到一双手温柔地抚过她的脸,轻轻擦去她的泪珠。这双手的主人,宣愉知道,是凌觉。说来神奇,当她感受到凌觉的存在时,失去姐姐、失去"她"的伤痛似乎慢慢平复下来。

耳畔仿佛出现宣悦的声音:"我亲爱的妹妹,从今以后会有人代

/尾声/

替我守护着你。"

随着声音渐渐消失,宣愉的身体里涌起一股力量,支撑着她缓缓睁开了眼睛。凌觉的脸便这样映入眼帘,他的目光似担忧又似欣喜,但更多的是一种坚定。

"凌觉……我刚刚做了一个梦。"

他柔声道:"梦见什么了?"

"梦见……呃……咦?为什么想不起来了……"她轻轻皱眉,明明上一秒还十分深刻的梦境,现在却突然一片模糊。

"梦的内容,很重要吗?"

他如是问。她闻言轻轻睁大眼睛,很重要吗?似乎……与她一睁眼就看见他相比,梦见了什么又有什么关系?

宣愉开心地笑了,身体和灵魂皆是前所未有的轻松。

这样的感觉应该就叫作重获新生吧。

凌觉

当宣悦承诺会把宣愉还给他时,他自是欣喜若狂;然而下一秒她晕倒在他怀里的那刻,哪怕明知她应该很快就醒来,却还是忍不住担忧会不会出现"万分之一的意外"。

凌觉想,这大概正应了那句佛语:由爱故生忧,由爱故生怖。

即便明白离于爱者便能无忧无怖地超然于世界,他也宁愿耽于红尘做个凡人。因为有了这些忧惧,才会对"幸福"一词感受更深。

说来不可思议,他这个整天研究材料分子结构的物理系大拿,居然因为一个女孩而钻进了哲学的圈套,甘之如饴。

恐怕连宣愉自己都不知道,她对凌觉的影响已经大到难以置信的地步。因为她的一番话,他开始思考和体察母亲的苦衷;而为了他们将来能顺利结婚,他试着与母亲将心比心地谈话,告诉她即便他非她亲生,他也永远是她的儿子。

甚至,他居然开始察觉到父亲和母亲之间虽然相敬如宾,却时常互相惦念的脉脉温情。他懂得了父母并非不相爱,只是爱的方式和他所以为的不同。

因为宣愉的出现,凌觉的生命变得更加鲜活可爱。

怀中的女孩忽然轻微皱了皱眉,流下两行眼泪。凌觉急忙轻柔地为她拭去,很快,如奇迹一般,她醒了过来。

宣愉说她刚刚做了一个梦,现在却想不起来了。

其实哪怕她想不起来,凌觉也能猜到梦的内容。

他问她:"梦的内容,很重要吗?"

宣愉微微愣了愣,很快回过神来,用力摇了摇头,然后在他怀里开心地弯起了嘴角。

"愉愉……"凌觉望着宣愉澄明的眼睛,一种幸福的喜悦感油然而生。他捧起她的脸,深深吻了下去。

从此以后,迎接他们的将是幸福的明天。

季远枫

季远枫一直认为,他对宣愉的爱无人能及,也绝不会输给凌觉。

他喜欢了她好多年。为了跟她在一起,他更改了从小立下的高考志愿;为了给她宽裕的生活,他一直超负荷地学习和打工;为了让她的存在不被宣悦磨灭,他甚至选择违背自己的心。

不是没有想过,宣愉在跟他分手后总有一天会遇见别人。他告诉自己没关系的,既然宣悦的人格不允许宣愉谈恋爱,那么宣愉始终不会属于别人。

然而即便理智如此,季远枫却会不受控制地在脑海中构筑她与别人亲密的画面。每当这时,他都能深深体会到妒火中烧的煎熬。平心

/ 尾声 /

而论，他不是一个大度的人。

可是此刻，当他亲眼看见宣愉安静地躺在凌觉怀里，看见她在凌觉的怀中睁开了眼睛，看见他们喜极而泣地相拥在一起。他心里涌起千百种难言的滋味，羡慕、苦涩、懊悔……却偏偏没有一种叫嫉妒。

其实，这段时间与徐亨利、凌觉商量"杀死宣悦"这个方案时，每当听见徐亨利言语之间对宣愉的不尊重，他心里也不太舒服。可是他太希望宣愉能恢复正常了，于是一遍又一遍地劝说自己，再忍忍，再忍忍，只要方案成功，小愉就能彻底恢复，再也不必担心她会离开。到那时，他一定会不顾一切地夺回她。

可是当他看见凌觉奋不顾身挡在宣悦身前的一刻，当他听见他说"我怎么能杀死她最爱的姐姐"时，他感觉自己的灵魂被狠狠击中。

他知道自己输了。

他终究比不上凌觉啊。

季远枫站在旁若无人的宣愉和凌觉旁边，深深吸了一口气，又重重吐出。

宣愉和凌觉注意到一旁的动静，才恋恋不舍地放开彼此，站起身来。

他突然做了一个决定："我有东西要交给你。"

宣愉懵懂地看着他，倒是凌觉轻轻笑了笑，露出一副了然的神情。

"把手伸出来。"

宣愉依言伸手，季远枫取出兜里的钥匙，稳稳地放在了她的手心。触到她肌肤的那一刻，脑中生起一个荒唐的念头，要不现在就紧紧攥住她的手，将她绑架到没有人能找到的地方？

季远枫自嘲地勾了勾唇角,缓缓松开了手。

"这是……"她疑惑。

他故作洒脱地扬了扬头:"问凌觉吧。"跟着便背过身去,挥挥手往外走,渐渐离开了宣愉的视线。

也离开了她的生活。

那把钥匙所能打开的那间屋子里,充满了宣愉童年时期的回忆。

只是陪着她去寻访和面对的人,今生今世,再也不可能是他。

(全文完)

如果时光可以逆行

·番外篇

1

飞机翱翔于白云之巅,临窗座位上的男子紧阖双目,睫毛却不时颤动,显然睡得并不安稳。

过了一阵,机舱响起乘务员广播后,旁边座位的女孩拍了拍他的手,又探过身子掀起了窗户上的遮光板,温言朝他说道:"飞机快降落了,系上安全带吧。"

男子系上安全带后把目光投向窗外,飞机已落于云层之下,今日天气极好,他甚至已能看见地面上这座超大城市的建筑集群。

快降落了啊……出国多年的他此刻更深刻地理解了"近乡情怯"的意义。只是这个"乡"字,指的并不是这片土地,而是一个人。

飞机在首都机场三号航站楼进港。女孩刚一打开手机,电话铃声就迫不及待地响起:

"喂？哦……是的，我是雷染君。"女孩瞟了一眼身旁静默的男子，"对，他跟我在一起。好的，一会儿见。"

挂掉电话后，雷染君解释道："是小愉派来接我们的司机。你也知道，她……这两天一定很忙。"

男子轻微地点了点头。一直到飞机上所有乘客都已下机，雷染君看着他微微失神的样子，终于忍不住问出了口："远枫，你脸色很差，你还好吗？"

雷染君的问话令他胸口如遭重击。原来他看起来很不好吗？

他还好吗？

他不知道自己好不好。

2

坐在机场开往酒店的轿车上，雷染君依旧担心，伸手想探探他额头的热度。

可才刚一触到，季远枫就下意识地撇开了头。一时间，那只手尴尬地扬在空中，进退不得；可最终，她也只能怏怏收手。

季远枫并不是没有看到她眼里受伤的神情，也并不是不感激她的情深意重。如果他可以控制自己的心，他一定毫不犹豫地命令自己忘掉宣愉，爱上她。

其实几年前，他也曾经为了逃避宣愉而跟另一个女孩交往过，可结果呢，不仅没有任何作用，还把那个女孩伤得体无完肤。对于雷染君，他绝不会再犯同样的错误。

单纯的司机大概是想表达友好，眉飞色舞地问道："你们也是来参加婚礼的吧？听说你们专程从德国飞过来，一定是宣小姐特别要好的朋友。"

雷染君只能勉强呵呵两声算作回应。

听了司机的话，季远枫觉得头更疼了，视线也越来越模糊；事实上自从前几天收到宣愉寄来的婚礼请帖，他的身体就开始出现断断续续发烧的异样，看了几个医生却查不出什么原因来。

好不容易坚持到酒店，他刚一进房间就像被抽干了力气，整个人软软地栽倒在床上，失去了知觉。

不知过了多久，房门被人刷开，雷染君急切地走到床边："你怎么回事？打电话不接发消息不回，你想急死我吗？"

季远枫疲惫地睁眼，才发现窗外天已经亮了，自己就那么合衣睡了一夜。

一旁的酒店经理也走过来："季先生，雷小姐说您可能生病了，所以我们擅自打开了您的房门，很抱歉。"

"我没事。"季远枫坐起来看了看手表，已经上午9点。他的心突地一跳。

"你们先出去吧，我需要整理一下。"

"远枫。"雷染君试探着说道，"如果实在不舒服就别过去了，我会替你祝福小愉的。"

季远枫眉头轻蹙，却是无比坚定道："请你们先出去。还有，10点在大厅集合。"

雷染君无奈叹息，其实她也知道劝不了他，他不就是为了参加宣愉的婚礼才不顾身体状态千里迢迢赶来的吗？

"不如我先陪你去趟医院吧。"

"真的不用。"

季远枫语气里透出一丝不耐烦，雷染君也只好作罢，顺他意离开了房间。

她陪他在德国留学了三年，这个昔日的阳光大男孩已经被那段失意的爱情磨灭得热量全无，每过一天便似又冷一分。日积月累之下，他如今已经变成一块暖意全无的坚冰。起初雷染君认为凭自己的满腔热情一定能再度融化他；可时至今日，她却感觉连自己也越来越冷。

爱上一个不爱自己的人，太累太累。

3

宣愉和凌觉的婚礼在凌家的私人会所举办。场地规模不算太大，邀请的宾客也仅数十人，但现场每一个细节无不显示出筹办者对于婚礼的珍而重之。大到场地每一处布置和设计，小到宴饮的每一副餐具和每一道菜肴，都精致而华贵。

季远枫听见同席的两个女孩感叹道："听说这次婚礼所有细节都是新郎亲自操办的，他真的好用心啊！"

季远枫勾了勾唇角，如果新娘是宣愉的话，他也可以做到这一切。仅仅是闪过这样的念头，心脏又骤然缩成一团。

当然，整个婚礼上最为光彩夺目的，要数今天的新娘。

随着婚礼进行曲响起，他看见盛装的宣愉挽着凌觉的手臂，穿过花厅走上红毯，缓缓步至会场中心。或许是因为三年未见，或许是由于上了妆，他总觉得今天的宣愉比之当初又多了几分动人心魄的妍丽。

他竟一刻也无法挪开自己的目光。

新娘也很快发现了他，遥遥朝他微笑示意。一刹那，季远枫突然像魔怔了一般，倏地从座位上站了起来。

身边的其他宾客发出疑惑的声音，一旁的雷染君也窘迫地拉了拉他的衣袖。季远枫愣愣地站了三秒，又如梦初醒般颓然坐下。

之后的整个婚礼仪式，宣愉的目光始终定格在凌觉身上，再也没有看过季远枫。他想，自己对于她来说，应该也不过和其他参加婚礼的朋友一样而已吧。

主仪式结束后，宣愉去更换轻便的礼服，而凌觉直接走向季远枫所在的这桌席。

凌觉端起的第一杯酒，就是敬季远枫："我没想到你能来。"

季远枫也举杯，与凌觉的杯子轻轻碰了碰："我以为你应该能想到。"

凌觉微微一笑，没有接话，仰头干了杯中酒。

季远枫也不示弱，正要仰头饮下，却被雷染君打断道："你还在发烧呢！"

"我没事。"说完一饮而尽。

凌觉似是惊讶："你病了？我家的保健医生今天也在，不如我带你去看看。"

季远枫略带责备地看了雷染君一眼，淡淡答道："真的不用了，我没什么事，你去招待其他来宾吧。"

凌觉也不再多言，只是把休息室位置告诉了雷染君便离开了。

季远枫又灌下两杯酒后，浑浑噩噩地站起来往会所外走。

雷染君慌忙跟在他身后，他摇了摇手说："你别跟着我，我出去透透气，一会儿就回来。"

4

会所正门出去的地方是一座天桥，天桥下车水马龙，来往车辆发出的声音汇成嘈杂的一片，季远枫的世界却极其安静。

他从午宴上逃出来，是因为他忽然不知道该怎么对宣愉说出一些祝福的话。他需要清醒清醒。

在天桥上走了几步，季远枫远远看见天桥中间站着一个女孩。她脸上的表情失魂落魄，正缓慢挪动着步子往天桥侧面的围栏移去。

她那种万念俱灰的表情，他曾经透过镜子在自己的脸上看见过。

她想自杀？

季远枫瞬间下了这样的判断。于是疾步朝女孩跑去。

女孩注意到有人接近，她飞速看了他一眼，紧接着以更快的速度往围栏上翻。但她毕竟个子娇小了一些，想越过围栏并不容易，很快就被季远枫近身抓住了手臂。

女孩绝望地大叫："你是谁啊？多管闲事！"

季远枫不想答话，只是用力扭住她的胳膊想控制住她。挣扎的过程中，他突然听见清脆的"丁零"两声，像是什么铁零件掉在了地上。

季远枫是学机械设计专业的，对于这些细微的金属声尤其敏感。

他立时想到，一定是铁栏杆的螺丝松了！

女孩还在拼命摆脱他，两人身体的重量几乎都压在栏杆上，季远枫感觉到栏杆越来越松动，直至摇摇欲坠。

"小心！"季远枫用尽所有力气把女孩往后抛去，自己却彻底向前扑在了栏杆上。

他感觉拦住自己身体的屏障突然彻底松开，整个人止不住惯性地冲了出去，脚下也再踩不着实物，身体腾空。

紧接而来的，是失去重力的下坠。

他明白，几秒钟之后，迎接他的将是怎样的结局。可奇妙的是，他此刻并不感到恐惧和绝望，反而有一丝……解脱？

或许人在死亡前的感官会被无限放大，季远枫明明觉得这天桥不算太高，他却迟迟没有坠至地面，反而每一帧画面似乎都慢了下来。

他仿佛听见遥远天边传来一个年迈老者的声音，问他："这一生，可有什么后悔？"

后悔吗？他当然有。

刚才在观看宣愉婚礼仪式的过程当中，他还一遍遍地想着，如果当初没有放弃小愉就好了,如果当初没有被宣悦的人格打败就好了。

他无比后悔,如果时光能倒流,如果还能重来一遍,他一定不会放开宣愉的手。她的婚礼上站在她身边的人,本应是他。

"如果能弥补你的后悔,你愿意付出什么代价?"

弥补?他心中突然涌起强烈的希望。

如果真的可以弥补,如果可以挽回宣愉,他愿意付出任何代价!

"如你所愿。"

他听见这样一句。再后来,就失去了意识。

5

北京某所重点大学校园门口。

男孩与女孩相对伫立,女孩脸上挂着戏谑的、讽刺的笑意,而男孩的眉头死死地纠结在一起,似乎因女孩的话感到痛苦不堪。

然而两个人都像雕像似的一动不动;不仅他们,还有其他所有路过的人,经过的车辆,天空的云朵,这一切一切都是静止不动的,宛如时间凝结了一般。

最先有反应的是男孩,他眨了眨眼,看着眼前的女孩,露出又欣喜又迷惑的神情。

随着男孩的觉醒,时间重新流动起来。

行人、车辆来来往往,天上的云朵也随风飘动;而对面的女孩继续说着无情的话:"如果你再不跟宣愉分手,我就会彻底占据这具身体,让宣愉的人格彻底消失。"

她抱着手冷冷勾了勾唇角:"你知道,我说到做到。"

说完,女孩转头就走。

男孩惊愕万分,却不是因为女孩的话,而是因为——

眼前的这一幕,正是当初和宣愉分手前的最后一个场景。这是怎么回事？莫非他在做梦？或者他已经死了？可是四周环境带给他的真实感又让他无法不信：时光真的倒流了。

难道说，他坠下天桥时听见的那个老者声音，真的满足了他的愿望？

季远枫来不及多想，他眼见宣愉，不，是宣悦的背影离他越来越远，他不再迟疑地跟了上去。

当年在他的认知里，宣悦是一个既狠戾又阴暗的人格，消灭宣愉这种事，他以为她一定言出必行。当时他经过一番痛苦的挣扎后，为了让宣愉继续存在，不得不忍痛选择了分手。

可是后来，当他亲眼看见宣悦人格在认可了凌觉后主动消失一事后，他才明白，宣悦人格存在的意义正是保护宣愉，她绝对不可能真的消灭她。

既然上天给他重来的机会，这一次，他不可能再被宣悦吓住，更不可能傻傻地放弃宣愉。

季远枫远远跟着宣悦，看见她上了一辆公交车，他也连忙拦下一辆出租车。

一直行驶了40分钟，公交到达终点站，宣悦才悠然走了下来。

总站位于国贸附近，这里是精英上班族聚集的区域，离大学圈相当之远，不知道她来这里做什么。

很快，他远远看见宣悦推开沿街一扇描着"跆拳道"图案的玻璃门走了进去。季远枫正想追上去，却被出租车司机叫住了："同学，你还没付车费呢？"

计程表上赫然显示着87块。

季远枫翻遍全身口袋后尴尬地发现，他竟然连一分钱都没有，身上只带了一部手机。

不过——或许这也是个机会。

他按下了宣愉的手机号码,不多时便听见宣悦冷冰冰的声音:"怎么,还不死心吗?我说过,在你们彻底分手前,这个身体我不会还给她。"

换作以前,季远枫一定会因宣悦的话而肝胆俱碎,可现下却丝毫不以为意,云淡风轻回道:"你出来一下。"

"……干吗?"宣悦显然一愣。

"我打车忘记带钱了。"

"……"

"借我一百块。"

"……"

"你要是不信,我让师傅跟你说。"说着把电话递过去。

出租车司机无奈,为了收到车费只好配合:"喂?你朋友欠我车费87块啊!"

"季远枫你神经病吧!"

嘟嘟嘟——宣悦果断地挂掉了电话。

"喂!"司机哭丧脸,"我的车费到底怎么办?"

季远枫不急也不恼,倚靠车门站立着,面色柔和地望向宣悦刚才推开的那扇门。

果然,没过几分钟,宣悦重新推开门出现在他视线中。她依旧眉眼冷清,看向他的目光中透着几分狠绝。可是在他看来她的凶狠根本不算什么,只要他以不变应万变,早晚有机会证明自己,从而像凌觉一样感化她。

他微笑着迎上去伸手:"钱。"

宣悦不耐烦地掏出一百块甩给他:"你竟然跟踪我?"

季远枫急忙把钱递给司机打发他走,然后朝宣悦说道:"你为什么会来这里?据我所知小愉从没来过这里。"

宣悦眉头紧锁，厌恶之情分明写在脸上："你还没搞清状况？宣愉跟你，不可能了！"

他的心骤然一跳，极力抑制住想反驳的念头，柔声道："你先去忙吧，我等你忙完一起回学校。"

"真的有病。"

丢下这句话，宣悦扭头就走。

季远枫如约等了三个小时，直到天边最后一缕残阳也沉入地平线下，宣悦也没有再出现。他只好走进那间跆拳道教室找人。然而放眼看去只有前台一名负责人在算账，再没有其他人。

"打扰一下。"季远枫上前问道，"请问你们这里有一位姓宣的学员吗？"

负责人闻声抬起头来："有的，可是我们早就下课了。"

"我没见她出来。"季远枫指了指门。

"哦，那边不是我们的正门。"

他这才看见这间跆拳道训练馆的正门其实是在大厦内里的，而沿街的只是侧门。

季远枫深深一叹，看来他的路还有很长。他有预感自己会被宣悦折磨得不成人形，可是内心却神奇地充满快乐。

6

一连好几天，季远枫都厚着脸皮跟在宣悦身边，看着她上课，看着她吃饭。她对宣愉的这些同学虽然谈不上热络，但也尽力维持友好。除了季远枫之外，没有人察觉出她与宣愉的不同。

此外，他也每天厚脸皮地跟她坐上同一趟公交车，跟着她去国贸那间跆拳道教室，看着她穿上跆拳道服在教室挥洒汗水。

季远枫私下找教练问过，知不知道宣悦为何要学习跆拳道。教练说她在报名时就已经有深厚基础，来这里不过是加强和巩固。

至于她练习跆拳道的原因，教练说道："宣同学不太爱跟人交流，不过我有一次听她似乎自言自语说，她也有想要保护的人。"

想要保护的人……季远枫默然。

"像宣同学这样身材纤细，手臂力量不足的人，最适合的武术就是善于利用腰腿力量的跆拳道了。"

听过教练的话，季远枫仔细回想了一番，发现以往宣悦每次都是在两种情形下出现：

一是由于他学业和兼职太忙，不得不取消跟宣愉的约会时。

二是宣愉遇到某种危险而他没有好好保护她时。

想明白其中关窍的季远枫，心中对宣悦的最后一丝怨恨也消散无踪了。他该责怪的从来就只有不够珍惜宣愉的自己啊。

他回过神时，宣悦已经换下练习服，冷漠地越过他往外走去。

夜风甚凉，宣悦等公交时才发现围巾落在了教室里，不由得缩起了脖子。

忽然，身后传来一道热源，紧接着脖子被围巾绕了一圈后轻柔地坠在了胸前。

她的身躯猛然一僵。

"你刚出过汗，不能着凉。"

季远枫站在她身侧，眸光里像落入了星星。

宣悦冷冷一笑："你搞错对象了，我不是宣愉。"

还是说，只要拥有这张脸这具身体，灵魂是谁你根本无所谓？

"我已经警告过你，你却不依不挠，你这样的行为跟杀死宣愉又有什么区别？"

"宣悦。可以这么叫你吗？"

宣悦一愣，没有回答。

季远枫望向远处,声音轻柔却无比坚定:"说出来你可能不相信,我来到'这个世界',就是为了小愉。无论如何,我不可能放弃她。"

"……即使她消失?"

他苦笑一声:"我当然不愿意小愉消失!可是,如果最终天不如我愿,我猜……我大概会跟她一起消失吧。"

"你……"宣悦脸上露出一抹惊讶,但很快别开头去。

出乎他意料的是,她第一次没有为他看似幼稚的话而嘲笑于他。

从那以后,季远枫更加肆无忌惮地跟在宣悦身后,而宣悦虽然依旧没给过他什么好脸色,但渐渐地也不再对他口出恶言,顶多把他当作空气一般。

这一天,季远枫照例在学校门口等宣悦放学,可左等右等也不见她出来。莫非她又开始躲着自己了?

正揣度时,一抹有些熟悉的人影映入了眼帘。季远枫想起来:这个女生好像就是跟小愉挺要好的同学,叫……郭墨。

他略一思索,开口叫住了她:"这位同学。"

女生回过头来微微一愣:"有什么事吗?"

"你们下课了?你看见宣愉了吗?"

"啊,原来是你,跟着宣愉来上过我们专业课的男生。"女生笑起来,"怎么,她又不搭理你啦?"

季远枫也无奈地笑了,想到上次硬着头皮追宣悦追到教室里,却被她毫不留情地赶出来,一定让其他同学都印象深刻吧。

"你好,我叫郭墨,是宣愉隔壁班的同学。"

女生友好地伸出了手。

"机械学院,季远枫。"他轻轻与她握了握,看起来这时郭墨还没有跟小愉发展成为闺密。

"不过我们早就下课了,宣愉没有出来吗?"

"没有,我一直在等她。"

郭墨眉头轻蹙:"不会吧……她该不会真的去了吧?"

"什么?"

"我离开教室时在走廊看见一个瘦弱的女生跟宣愉说'很害怕,求她帮忙'什么的,当时没太在意。"

季远枫心里猛然一紧。

"那个女生是谁?"

"不认识,可能是其他学院的。"郭墨努力回忆,"我记得她抱着两本书,好像是什么《社会科学与实践》?"

季远枫闻言立即朝学校内跑去,他一秒钟也不能多等了。

在原来的世界里,他记得在跟宣愉分手后不久,校园里发生了一起严重的暴力事件,一名人文学院的女学生被殴打致中度伤残。联系到这件事,季远枫心里不安极了。虽然照原来世界的轨迹看,宣愉跟这件事没有任何关系,但毕竟现在那个身体里住着的人是宣悦啊!

由于时光的重来,一些小小的元素已悄然改变,他不能不考虑这个可能性,他必须立即找到她!既然她没出来,就应该还在学校某处吧。

凭着记忆,他跑到学校内那栋废旧的待拆除的教学楼里,印象中当时的暴力事件就是发生在这里。

由于多年未用,楼里积满了尘土。四下寂静,他竭力平复呼吸,捕捉到一丝隐隐传来的声响。

在楼上!

季远枫一把推开楼梯间的门,声响顿时更加清晰起来。他顺着楼梯快速上楼,爬到5楼时他听见"咚"的一声,似乎什么人被人一脚踹中撞在了门上。

"小愉!"

他惊慌不已地加快了速度,终于在7楼寻到了声音来源——

宣悦背对着季远枫,正把一个弱小的女生护在身后;面前被四五个身材健硕的女生包围,而楼梯间的木门处另外一个女生捂住腹部躺在地上呻吟。

季远枫微微松了口气,看来她们没能占到小愉的便宜。

眼见一个女生趁宣悦不注意,蹑手蹑脚绕到她背后意图偷袭,季远枫怒火骤起,冲上去抓住了女生的手腕。

"住手!"

包围宣悦的女生们听见他的声音,惊恐地呆住了。

季远枫手上用力一甩,偷袭宣悦的女生便一个趔趄摔倒在地。

领头的女生见来了男孩,顿时有些退缩,咬牙道:"无耻,居然找男人帮忙!"

宣悦冷冷道:"你们以多欺少就不无耻吗?"

季远枫掏出手机,咔嚓拍了一张照片:"如果你们再来找麻烦,我会把照片发到网上。"

宣悦一愣:"什么意思?你打算放她们走?"

几个女生面面相觑,跟着便争先恐后地逃走了。

"你!"宣悦生气地跺脚道,"这种校园毒瘤,你居然放她们走?你是不是男人?"说着便想追上去。

"你听我说。"季远枫急忙拉住她,"这几个女生应该是体育学院的吧?你还有三年才能毕业,如果做得太绝难保将来麻烦不断。毕竟我无法一刻不离地看着你。"

宣悦闻言似乎更生气了:"你当我是谁?我会怕她们?"

"我知道你是宣悦。"季远枫握住她的双肩把她掰过来面对他,

"可是难道宣悦就不需要被保护了吗？"

宣悦闻言微微颤抖，停止了挣扎。她睁大眼睛，愣愣地盯着他。

"我知道你厉害，可我不敢赌。就像刚刚那个偷袭你的女生，如果我不在，她伤到你怎么办？"季远枫闭上眼，深吸一口气，只是稍微想象她受伤的情形，他就心痛得难以言喻。

"……哈，你是担心宣愉的身体才这么说的吧？"她别开眼睛，故意戏谑地道。

季远枫正色道："宣悦，通过这段时间的相处，我已经知道你并非看起来那样冷漠，我感激你，一直保护着小愉。"

顿了顿，他继续说道："对我来说，你就像小愉的姐姐。而我，当你是朋友。"

"姐姐？朋友？"宣悦像是听见了非常好笑的笑话，突然不顾形象地大笑起来，笑着笑着眼角却有泪光闪现。

被宣悦保护的女生弱弱地插话道："那个……宣愉学姐，宣悦又是谁啊？"

季远枫一怔，情急之下倒忘了旁边还有个人了。

宣悦爽朗一笑道："哦，其实宣悦是我的小名啊！"

7

从学校出来时，宣悦已经恢复了冷静，只是脸上挂着一丝季远枫看不太懂的表情。像……哀伤？

他沉吟一瞬，主动开口："你怎么会认识人文学院的那个女生？"

宣悦敛了神色，淡淡道："没什么，她在校内论坛发帖求助，而我恰好最看不惯校园暴力而已。"

季远枫有些惊讶地看了看宣悦，然后柔和一笑："没想到你这么有正义感。"

宣悦白了他一眼，不屑地冷哼一声。

"今天要去跆拳道教室吗？我送你。"

"不用了。"宣悦目视前方，"不如……陪我去一趟影楼吧。"

季远枫心有疑问，但还是一如既往地顺了她的意思。

找了一间离学校路程颇远的影楼后，宣悦先是拍了一张单人照；接着又点了一名化妆师，在妆镜前一坐便是四十分钟。

当她重新出现在季远枫面前时，他不由得呆了呆。宣悦上了妆做了发型后，整个人突然呈现出一种截然不同的气质。与小愉一贯的清新可爱不同，此时的宣悦则散发着与她年龄不相符的成熟风韵。

宣悦满意地照着镜子，又摸了摸刚刚做成的一次性卷发道："这才是我该有的样子呢，宣愉一辈子留着黑长直，没劲透了。"

她在摄影师奇异的目光中，又拍了一张单人照，对影楼工作人员说："帮我把刚才拍的两张照片合到一起变成双人合照那种。"

季远枫愕然。

宣悦轻笑："既然你说我是她姐姐，姐妹俩好歹该有张合照，不是吗？"

取到照片已经是1小时之后了。季远枫把照片拿在手里，在PS（做图软件）技术的帮助下，这张双人照看起来天衣无缝。照片里的宣愉和宣悦分明就是一对姐妹花，若非他了解内情，真的完全看不出破绽。

可她为什么要拍这张照片？

怀着这样的疑问，季远枫在影楼等待着已经去浴室卸妆梳洗一个多小时的宣悦。

"那个……"影楼一位女助理走到他身边，"您去休息室看看您朋友吧。"

发生什么事了？季远枫连忙跟着女助理去到休息室，发现宣悦居然躺在贵妃榻上睡着了。而她此时的样子……让他心里不由得一动。

妆容已除去，恢复成那张白净无瑕的脸蛋；头发也已经洗过并吹干，柔顺地披散开来。

他轻缓地走上前，在她身前蹲下，尚未开口叫她时，却见她睫毛颤动，微微睁开了眼："……远枫，我好困……"然后挡不住睡意地又合上了眼。

她喃喃而语的几个字，却让他立时呆若木鸡。

她刚刚叫他远枫，她是宣愉！他绝对不会认错！

季远枫欣喜若狂，他没有想到宣悦会在这样的情形下突然把小愉还给他。他激动得手足无措，还是影楼女助理提醒他道："实在抱歉，我们要打烊了。"

他点了点头，但又不忍打扰宣愉的睡意，于是伸出手臂勾住宣愉用力一挽，将她抱了起来。

一旁的女助理忍不住偷笑，还悄悄掏出手机拍了张照片。

"打扰了，再见。"

季远枫迈步往外走去，宣愉似乎察觉到动静，轻轻用头在他胸口蹭了蹭。

小愉，你终于回来了。他满心充盈着喜悦，怀里抱着的女孩，于他而言犹如稀世的珍宝。

在回学校途中的出租车上，宣愉靠他肩上悠悠醒了过来。她晃了晃昏沉的脑袋："远枫，我们在回去路上吗？"

"嗯。"

"对了，照片取到了吗？"

他微微一愣。

"就是上次姐姐从美国回来时我们拍的合影啊，今天去影楼不就是为了取照片吗？"

季远枫默然片刻。原来如此，宣悦已经将小愉的记忆做了合理的修改。他点头，从包里取出照片递给宣愉。

"啊，对，就是这张！"宣愉接过，看着照片甜甜地笑了，"明天我就买个相框，把照片挂在客厅。"

"我陪你去。"

"好呀。"宣愉又抬手揉了揉太阳穴，"怎么回事？感觉好像睡了很久似的。"

季远枫摸了摸她的头，温柔一笑："没关系，不管多久我都会等你。"

宣愉不禁红了脸，重新把头靠在他的肩上。

出租车在宣愉租的房子的小区外停下。季远枫付完车费牵着宣愉往里走，刚走没两步，却见迎面走来一个男孩。

待季远枫看清了他是谁时，心猛然一沉。

这个人，是凌觉！

他怎么会出现在这儿？

季远枫握住宣愉的手加重了力道，把她往身后一拉，想将她牢牢地藏起来。只可惜……

"远枫，你怎么了？"她不明所以地从他身后探出头，便恰好迎上凌觉的目光。

凌觉停住了脚步，面向宣愉微微皱眉道："你……我们是不是在哪儿见过？"

季远枫感到自己的心不受控制地在胸腔里冲撞，喉咙也涌上一股腥甜。

即使重来一次,凌觉也非要抢走小愉吗?

宣愉奇怪地看了看凌觉,又歪着头看了看神态异常的季远枫。

"没见过,你认错人了。"她笃定地说道。

季远枫闻言,刚刚还如置身冰窖的自己,忽然间就被暖阳笼罩。

凌觉淡淡一笑,不再多言,大步离开了。季远枫紧绷的神经终于放松,他刚刚是那样惊慌失措。

"远枫,你怎么了?你的手为什么在抖?"

下一秒,宣愉被一个怀抱紧紧禁锢起来。

季远枫双手用力揽着宣愉的腰,头搁在她的颈窝,贪婪地嗅着属于她的独一无二的气息。全身每一个细胞都在叫嚣,恨不得立刻就要将她全然地占有。

"怎么办?小愉,我们才刚刚上大二,还有三年才毕业。"

"怎么突然说这个?"宣愉感受到季远枫突如其来的热情,脸烧得滚烫。

"小愉……"

"嗯?"

"等我们一毕业,你就嫁给我好吗?"

"呃?"宣愉内心巨震,这是什么节奏?今天的远枫果然很奇怪!

见她静默不语,他意识到自己失态:"对不起,是我唐突了。"他不舍地放开她,"你快回家吧,明天我陪你去买相框。"

宣愉盯着他,他却似有些羞愧地别开了眼。

她在内心迅速地做出一个决定。

宣愉一溜小跑进了小区大门,然后回过身来,隔着栏杆嫣然一笑:"我同意了。"

"……"季远枫完全怔住。

宣愉脸上飞起一抹红晕："我只说一遍，你要是没听懂我可不管！"说完便跑着钻进了单元门。

季远枫依然傻呆呆地站着。很久很久，他才反应过来，一股狂喜从脚底直冲脑门。他控制不住地大笑起来，更恨不得立即昭告天下，小愉答应嫁给他了！

嘀嘀。

手机收到一条信息，是小愉的号码：你够可以的啊，刚把宣愉还你，这婚都求上了。

季远枫一愣，宣悦？她怎么……

"滴滴"。又是一条：行了，我知道你在想什么，放心吧，我马上就退下。还配了个抠鼻的表情。

季远枫想了想：以后如果我有什么地方让小愉不开心，请你告诉我。

哎哟，你这是把我当内应了？还挺有思路。

宣悦，这些天来我一直没来得及对你说，谢谢。

发完这条后，很久没有收到回复。他正准备再发一条时却见她回道：呵呵。行了别回了，我删记录了。

季远枫放下手机。此时此刻他无比感激上天，给了他这个重来的机会，让他真的能够失而复得。

何其幸运。

天空中，忽然遥遥传来一道声音："小伙子，现在的你，幸福吗？"

季远枫看着天空微微一愣，但很快，他想了起来，这不就是他在掉下天桥时听见过的老者的声音吗？

当时他问他："这一生，可有什么后悔？"

"如果能弥补你的后悔,你愿意付出什么代价?"

那时他回答说愿意付出任何代价,可一直以来,他并不明白作为代价他到底付出了什么。

不过,此时再次听见老者的声音,他已经恍然明白了。

"我很幸福。"他微笑答道。

"你,愿意留下来吗?"

"我愿意。"

"你知道这里是什么地方吗?"

季远枫点了点头。不管是时光倒流,还是幻化重生;不管是平行时空,还是虚无梦境,他都不介意。只要这里存在着他爱的女孩,就是他应该停留的地方。

这一次,他不会再让自己后悔。

"如你所愿。"

老者的声音渐渐隐去,季远枫心满意足地露出了笑容。

结尾

豪华的单间病房里,监测心率的仪器平稳地跳动着,似乎表明病床上这个毫无生气的男子依然活着。

然而,身为读者的你应该已明白……他恐怕,再也不会醒来。

解开心结的钥匙唯有爱

·后记·

　　故事完结的时候正值春节，外头天寒地冻，我内心却温暖而充盈。因为，我总算给了凌觉和宣愉一个圆满的结局。

　　我写过很多短篇，看过的读者都知道，我故事中的男女主想获得一个相对美满的结局不是一件容易的事（笑）。可面对凌觉和宣愉时，我却变成了不折不扣的亲妈，即使过程再虐再曲折，结局也会甜得治愈人心。

　　这大概是由于我长短篇写作方法的不同吧。写短篇时，人物的命运、情节的架构都清晰地存在于我头脑里；而写长篇时，我所设定好的不过是故事的背景、人物的性格及情节的主线，余下的，任其发展。可以说，我是伴随我笔下人物一起成长的。不管是宣愉、凌觉还是季远枫，他们都拥有自己的思维模式，自己的情感脉络，而我所做的只不过静随一旁当个见证，再一字一句记录下来。

　　这个故事的起点源于我所做的一个梦，梦里有个男孩来找我，我分明应该认识他，可偏偏想不起来是谁了。更要命的是，我看见他那张失落的脸，心竟然充满悲伤。这份悲伤即使在我醒来后依旧久久不散。

三天之后，我仍然记得梦里的一些片段，因此决意把它创作成一个有意义的故事。男主凌觉的原型正是我梦里的那个男孩。

故事中我加入了一些心理学的元素。在心理学上有一个较为公认的理论是：大多心理问题都是来自童年时期所遭受的心灵创伤。而我一直坚信，治愈创伤最好的手段不是用药也并非介入治疗，而是来自他人给予的无条件的爱。

女主宣愉就是如此，她坎坷的童年经历导致她出现一些心理问题，她的初恋男友也因为一些原因离开了她。但她又是幸运的，因为正由于她幻想出的第二重人格的存在，才保护她始终怀有一颗坚韧的赤子之心。就像凌觉所说的，她是长在断壁残垣里一株顽强的小花，看似摇摇欲坠，却总在面对风雨时傲然而立，誓不低头。

这样的她，终能得凌觉倾心以待。他的爱，足够让她忘却命运曾给过的所有严苛。

至于我们的男二季远枫，他也是我特别喜欢的一个角色，在写作过程中竟然时时让我陷入选男一还是选男二的纠结中（大笑）。在正文结尾，他默默把宣愉交到凌觉手上，相信有许多读者会觉得遗憾。因此我为他写了一个1万字的番外，对于番外的结局，相信每个人都会有不同的理解。

最后，希望所有看过此书的读者都能得到一份治愈心灵的、无条件的爱。

苏缠绵 丁酉年正月初一写于北京

《我的人生无须证明给你看》

作者：马叛
定价：32.8元

ONE·一个《读者》《意林》《花火》人气作者马叛2017年全新作品。是选择梦想，还是安于现状？是选择现世的安稳，还是选择生命的快乐？马叛用他和他身边的故事，告诉你关于人生选择题的答案。

一本关于行走和梦想的青春之书

作者：何慕
定价：32.8元

《这一杯我敬的是年少无知》

悬疑推理小说作家何慕，出道六年，首部都市情感类短篇小说集。一封写给曾经那个无知而又勇敢的少年的陈情书，十三个故事，十三个与曾经的我重叠的影子，或决绝，或孤勇，让人唏嘘，令人心疼。作者用故事告诉我们，既无岁月可回头，且敬年少一杯酒。

意林首部心理成长剖析小说

《意林·全彩Color》，青春就是要"精""彩"

《意林·全彩Color》是百万大刊《意林》杂志，在原有《意林》上、下半月核心刊基础上，于2016年5月1日重磅推出的《意林》第三本核心刊。《意林·全彩Color》坚持**青春励志不变**、助力学生**中高考不变**、**原班编辑团队不变**、**万里挑一稿件质量不变**，并采用**全彩印刷**，更高品质的纸张，全本厚达**72页**，定价**6元**。

○ **中高考实用宝典**，刚刊第2期，即原题命中高考作文

○ **全彩印刷**，原色呈现多彩世界，青春就该像彩虹般缤纷

○ **内容加码**，全新栏目，萌趣彩页，轻松缓解阅读压力

○ **版式出新**，全新设计的七大版式，意想不到的新鲜图文搭配

邮发代号：
16-289

○ **堪比几米的手绘配图**，佐之以摄影美图，**细节点缀，美貌爆表**

○ **纸张升级**，给你绝意盎然股的清新阅读体验

○ 超多回馈活动，励志明星海报，**杂志内页独家定制月历**

○ **6元良心价**，买**全彩72页**

心动的话，赶紧通过以下方式订阅《意林·全彩Color》吧

★ **意林天猫专营店：**
手机淘宝用户扫码一步购买

★ **意林微商城：**
微信用户扫码轻松入手

★ **各大邮局订阅：**
到就近邮局报上邮发代号 **16-289**，即可订阅

杂志信息：
页码：72页
定价：6.00元
印刷：全彩印刷
上市时间：每月1日

青春就是要"精""彩"，《意林·全彩Color》等你来约！

意林精品图书推荐

《我不愿让你一个人走过青春的荒芜》
简介：95后模特级作者谢宁远写给你最深情的告白书。十五篇故事，是告白，亦是陪伴。
定价：29.80元

《对方正在输入中》
简介：那些爱与被爱的故事。年少时的懵懂酸涩，成熟后的感人至深，都是心头的一枚朱砂痣。
定价：29.80元

《你是年少的欢喜，喜欢的少年是你》
简介：古风天后吾玉，初涉现代爱情，打造都市轻风之作。
定价：29.80元

《从此晚安我自己》
简介：95后男神作者何家豪首部青春成人礼童话，将这16个故事，说给长成大人的你!
定价：29.80元

"告白的书"系列

《别来无恙，我的小初恋》
简介：销量超百万作家沈嘉柯暖心力作，陪你一起挥别青春，再出发。
定价：29.80元

《喜欢你这句话，我憋住了整个青春》
简介：数十篇青春伤感故事，带你领略成长、青春、爱恋的阴晴圆缺。
定价：29.80元

《遇见你，就是最对的时候》
简介：青罗扇子、周德东等作家用文字演绎纸上电影。时光远去，我们永远青春。
定价：29.80元

《我记得你说过的每句美好》
简介：独木舟、夏七夕、七微等名家用真挚的笔触探究青春的色彩。
定价：29.80元

"多味之恋"系列

《这世间所有的纸短情长》
简介：织梦人张芸欣在深夜为你点一炉青莲之香，寻找渐渐远去的青春与年少。
定价：29.80元

《世界那么大，命中注定遇见你》
简介：每个人都会接触形形色色的人，又会和一些人聚聚散散，马叛说，这些相遇都是命中注定。
定价：29.80元

《我不怀念你，我只怀念有你的往昔》
简介：继《左耳》之后深入骨髓的疼痛青春，每个人都可以在她的故事中找到最原始的自己。
定价：29.80元

《花与巡夜人》
简介：国内一本填色减压故事书，抚触你的心灵，治愈现代人的都市病症。
定价：36.90元

"深夜暖心"系列

《少年从不等风来》
简介：关于年轻人的追梦故事，他们用自己的特立独行，创造属于自己的天地。
定价：29.80元

《你的人生不需要别人点赞》
简介：大人物从这里起步，成就了丰盈的人生。数百篇故事告诉你成功者的秘密。
定价：29.80元

《逆光飞翔，微芒盛放》
简介：名人的磨难被晒成坚强，带给你十八而志的青春励志的正能量。
定价：29.80元

《像明星一样去战斗》
简介：数十位明星的奋斗史。逆袭背后，才是平凡生活中的伟大梦想。
定价：29.80元

"十八而志"系列

《把你所有的不安都交给我来暖》
讲给你听，117个心灵抱抱的故事。
定价：29.80元

《所有人的坚强，都是柔软生的茧》
玻璃心的朋友们，看这里！讲给你听，125个含泪奔跑的人生故事。
定价：29.80元

《生命中除了爱，其他都是行李》
讲给你听，召唤小确幸的111个故事。
定价：29.80元

《都道初心不可负，而初心是何物》
133个初心故事，既有明星大家，又有平凡人物，从故事里闪耀初心的光芒。
定价：29.80元

"初心讲义"系列